光文社文庫

あなたも人を殺すわよ

『人生脚本』改題

伴　一彦

光　文　社

この作品はフィクションであり、実在の人物・団体・事件とはいっさい関係ありません。

目次

第一章

1

昼の営業が終わると、ビストロ・ラパンは凪《なぎ》の時間を迎える。

オーナーシェフの笹森《ささもり》とスーシェフの井上《いのうえ》は仮眠を取るために従業員控室に引っ込み、早紀《さき》は店内の掃除を始める。厨房《ちゅうぼう》は一年前に調理見習いで入った佳奈《かな》の担当だ。

一時間かけて店の隅から隅まで綺麗《きれい》にする。次はワイングラスだ。ランチで使ったものだけでなく、収納棚に大事にしまわれているグラン・クリュ用のグラスも洗う。水ではなくぬるま湯を使えば曇りなく美しく仕上がることは、ソムリエの根岸《ねぎし》が教えてくれた。

専用のクロスを二枚使って優しく撫《な》でるようにワイングラスを拭き上げ、店内に射《さ》し込む陽《ひ》の光に翳《かざ》す。水滴も、僅《わず》かな磨き残しもないワイングラスは柔らかな曲面がキラキラと輝き、芸術品のように感じる。

グラン・クリュ用のグラスは特に美しい。ボウル（膨《ふく》らみ）が大きく、ステム（脚）も長く、薄くて繊細だ。

「女性の体みたいでしょ？　だから愛撫《あいぶ》するように磨くんです」

初めてワイングラスの扱い方を教えてもらった時の根岸のセリフだ。

「根岸ちゃん、セクハラで訴えられるぞ」笹森がすかさず突っ込んだ。

根岸は三十代半ばでソムリエコンクール出場経験もあり、世にいうイケメンの部類に入るだろう。セクシャルなことを口にしてもいやらしさがなく、彼のワインスクールの受講生のほとんどが女性というのも頷《うなず》ける。

ワイングラスを磨く時はフット・プレート（グラスの底）を持ち、クロスではなくグラスを動かす。力の入れ方を間違えるとステムに過剰な負荷がかかって折れてしまう。

早紀も一度折ったことがある。根岸から一脚三万円近くするものだと聞いて蒼褪めたが、笹森は「勉強代、勉強代」と笑って許してくれた。

ワイングラスに触れていると気持ちが落ち着いた。

〝あの日〟から、早紀の心にはずっとさざなみが立っている。

目黒銀座《めぐろぎんざ》商店街は、中目黒《なかめぐろ》駅から祐天寺《ゆうてんじ》方面に延びる全長九百メートルの長い商店街で、六十年あまりの歴史がある。

早紀が働くラパンは商店街を抜けた先にある。赤い外壁に木枠のドアの小さな店。外観の写真だけを見ればパリの下町にあるビストロと信じる人は多いだろう。

店内の壁は鮮やかなピンク色だったが、二十年の歳月でくすみ、落ち着いた色合いになっている。開店当時三十代で黒々としていた笹森の髪もすっかり白くなった。

壁にはパステル画がいくつか飾られている。笹森が描いたパリの街角だ。どれも単行本ほどの大きさで、絵画に関心がない人は気づかないだろうが、美味《おい》しい料理とワインが作り出すこの店の心地よい喧騒《けんそう》に彩りを添えていることは間違いない。

テーブルは五卓。カウンターもあり、バー使いができる。

印刷されたメニューはなく、その日入荷した食材を見て笹森が決め、井上が黒板に書き出す。鴨《かも》のコンフィやカスレなど、笹森が修業した南仏の家庭料理が中心だ。

早紀が初めてラパンを訪れたのは三年前。メニューにクネルを発見して驚いた。

新婚旅行の時に食べて感激した南仏リヨンの名物料理だ。カワカマスという淡水魚をすり身にし、エクルビス（ザリガニ）と野菜で取ったスープにクリームを加えた濃厚なソースをかけて、オーブンで焼く。スフレのような食感で、夫は一口食べると「洋風ハンペンだな」と呟《つぶや》いた。

その時のクネルより美味しく感じ、ラパンの他の料理も食べてみたいと思った。

ラパンは従業員のホスピタリティも素晴らしかった。早紀は家が近いこともあり、一人で訪れてはカウンターで常連に交じって料理やワインを楽しむようになった。

働く側に回ったのは二年前だった。サービス係の女の子が妊娠してやめ、代わりが見つからないと聞き、迷わず手を挙げた。新しい子が見つかるまでという約束だったが、笹森はいつしかアルバイトの募集をやめた。早紀もいつまでも笹森たちと居心地のいい時間と空間を共有したくて働き続けている。

十六時になり、根岸が出勤してきた。ランチタイムに高級なワインが出ることは滅多にないので、いつもこの時間だ。

根岸はまず今日のメニューをチェックし、料理と相性のいいワインを何本かセレクトする。そしてディナーの予約を確認。常連客の名前があれば以前飲んだワインのチェックも忘れない。

根岸は鼻をひくつかせた。

「ん？　林檎《りんご》の匂い。佳奈、もしかしてタルト・タタンを作ってるのか？」

「そうです！」

厨房から元気な声が返ってきた。佳奈は休憩時間に厨房を使うことを許されていた。まかないを作ることが条件だったが、毎日オリジナルの料理やデザートを試作している。

タルト・タタンはラパンの定番デザートだ。林檎を使ったタルトでも、タルト・オ・ポムとタルト・タタン（発祥のホテル名）では見た目も作り方も違う。

タルト・オ・ポムはタルト生地の上に林檎（ポム）を盛り付けてオーブンで焼くが、タルト・タタンはまず林檎をたっぷりの砂糖でキャラメリゼし、その上にパイ生地《きじ》を被《かぶ》せてオーブンで焼く。客に提供する時は林檎が上になるようにひっくり返す。手間と時間がかかるため、笹森が営業終了後に一人残って作っている。早紀は甘いものが得意ではなかったが、ラパンのタルト・タタンはいくらでも食べられた。

佳奈が焼き上がったタルト・タタンをオーブンから取り出すと、甘く香ばしい匂いに誘われたのか、笹森と井上が控室から出てきた。

「よろしくお願いします！」

佳奈はタルト・タタンを切り分け、それぞれの前に置いた。笹森はじっくりと眺め、匂いを嗅《か》ぎ、口に運んだ。普段は冗談を言う井上も根岸も黙って食べ始めた。早紀は三人を見守る佳奈の緊張が伝わり、手を付けられなかった。

笹森は食べ終わると小さく唸《うな》って井上を見た。井上は戸惑い、根岸を見た。根岸もまた困った顔で早紀に視線を送る。佳奈にもすがるように見られて、早紀は慌てて食べた。

「早紀さん、美味しいですか？」

見た目は笹森が作ったものと同じだし、美味しい。だが、ラパンのタルト・タタンとは違う。どう違うのか、どうすれば同じ味になるのか、家庭料理しか作ったことがない早紀には説明できない。

早紀の困った様子に、井上が助け舟を出した。

「佳奈ちゃんは自分で食べてみてどう思うの？」

「……ラパンのタルト・タタンじゃないです」

佳奈は悔しそうに続けた。

「笹森さんが作ったものは味がしっかり滲《し》みてるのに、私のは……林檎の種類も道具もレシピも同じなんだけど、どうしてだろ」

佳奈は真剣な表情で考え込んだ。

「明日もう一度作ってみろ。冷凍庫の林檎を解凍して」

笹森は微笑《ほほえ》みながらアドバイスした。

「冷凍すると林檎の細胞が壊れて水分が出る。だから厚くカットした林檎でも、中心までちゃんと火が通って味が滲みるんだ」

「そうだったんですね！」

佳奈は目を輝かせ、手帳を取り出してメモした。

「で、今日のまかないは？」

根岸が言うと佳奈はキョトンとなった。

「おいおい、まさかタルト・タタンだけってことないよな？」

「え？　他にもいります？」

根岸は大袈裟《おおげさ》に椅子からずり落ちてみせた。

既に十六時半を過ぎ、まかないを作っている時間はない。幸い商店街にはテイクアウトできる店が多く、早紀はみんなの希望を聞いて買いに出た。

笹森は牛丼弁当。フレンチのシェフだが、ジャンクなものも好きなのだ。井上と根岸は笹森に合わせたが、佳奈はタルト・タタンだけでいいという。意地を張っているわけでも自分が作ったものには責任を持つという意味でもなかった。単純に甘いものが好きなのだ。

早紀はサンドイッチにした。


十七時半。

ラパンは十八時開店だが早めに来る客も多い。黒いスカートに白いブラウスという制服に着替え、改めて予約台帳を確認する。パソコンで顧客管理するレストランが多いが、ラパンでは開店当初からA3判のノートに手書きしている。予約客が誰と来て何を食べ何を飲んだか記録する。次に予約が入った時に確認すればより良いサービスを提供できるからだ。二十年間で予約台帳は五十冊を超えていた。

電話が鳴った。明日の予約客だった。

「直前で申し訳ないんですが、ケーキを用意していただけませんか？　息子の誕生日なんです」

「もちろんです。どのようなケーキがよろしいですか？」

希望はフルーツタルトだった。メッセージプレートも付けたいという。

「判りました。お子様のお名前を伺えますか？」

「ケンタです。健康の健に太いという字です」

体が硬直した。

「もしもし？」

早紀の沈黙に予約客が呼びかけている。

「すみません。承りました」

驚くほど声が出なかった。気がつくと電話は切れていた。

「どうかした？」

根岸が声をかけてくれた。なんでもないと笑顔を作ると、最初の客が入ってきた。四十代だろうか、スーツがはちきれそうだった。

「望月《もちづき》だけど」

今日の予約に望月の名前はない。予約台帳をチェックしたばかりだから間違いない。念のためもう一度確認する。

「望月様、ご予約は明日ではありませんか？」

望月は露骨に不機嫌になり、今日に間違いないと主張した。予約を受けたのは三日前の昼。営業中はバタバタしていて間違うことが多いので、何度も確認している。

空席があれば案内したかったが、あいにく予約で満席だった。

「申し訳ありません。こちらのミスです」

理不尽だけれどお客様第一。早紀は頭を下げた。それでも望月は席を用意しろと引かなかった。

「九時を過ぎれば大丈夫だと思います。向かいに懇意にしていただいているバーがありますので、そちらでお待ちいただけませんか？　お席がご用意でき次第お迎えに参ります」

「九時まで食べられないのか」

「バーでの飲食代はこちらでお支払いします」

頑《かたく》なだった望月の表情が緩んだ。

「じゃあロマネ・コンティを頼んでもいいんだな」

嫌味な言い方だったが、早紀はきっぱり「はい」と答えた。望月は一瞬驚いたが、ニヤリとして、「大塚《おおつか》ってヤツが来たら伝えてくれ」と言い残して店を出て行った。

やり取りを静観していた根岸がウィンクした。助けて欲しかったが、根岸が首を突っ込めば望月は更に頑なになっただろう。

予約客が入ってきた。

「河田《かわだ》様、いらっしゃいませ」

あっという間にラパンは満席になり、厨房は戦争状態、早紀と根岸は店内を主戦場に笑顔を武器に戦った。

望月が店に戻ってきたのは三十分後だった。

「大塚に連絡して私の勘違いだと判った。申し訳なかった。明日の予約は生きてるかな？」

「もちろんです。明日お待ちしています」

バッが悪いのだろう、望月は早口で「バーの支払いは済んでるから」と言って帰っていった。

「ロマネ・コンティ頼まなかったんですね」

営業が終わって望月のことを報告すると、佳奈が笑いながら言った。

「向かいはハードリキュール系がメインで、一番高いワインでも七千円ぐらいですよね」

「佳奈、勘違いは誰にでもある。それに大事なお客さんだ。冗談だとしてもそんなことを言うもんじゃない」

笹森がたしなめると、佳奈は素直に「はい」と反省した。

「しかし、また早紀ちゃんのファンが増えたね」

井上の言葉に全員が頷き、早紀は面映《おもはゆ》かった。

2

客の退《ひ》けが遅く、控室で私服に着替えると二十三時を回っていた。

スマホの電源を入れると、夫からのメッセージが届いていた。

――明日、中津川《なかつがわ》に付き合って欲しい。行けるか？

迷うことなく返信する。

――行かない。

行けない、ではなく、行かない。

メッセージはすぐに既読になったが、返信はなかった。

笹森たちに挨拶して店を出る。

ここ数年の夏の暑さは異常だ。今年も残暑が厳しく、十月に入っても夏日になることがあった。しかし十一月の声を聞くと急に気温が下がった。夜の風は秋を通り越して真冬を思わせる冷たさだった。早紀はコートの襟を立てて歩き出した。

自宅の最寄り駅は祐天寺だが、中目黒駅に戻って電車に乗るより歩いたほうが早い。徒歩十分。クールダウンにはちょうどいい距離だ。

マンションは駒沢《こまざわ》通りから一筋入ったところにある。〝目黒税務署前〟という交差点を渡ればすぐなのだが、住宅街の細い道を抜け、次の交差点に出て通りを渡る。

十五階建ての白いマンションは、五年前に三十年ローンで買った。その時はモダンに見えたが、今は巨大な墓石のように感じる。

最上階南向きの角部屋。明かりは消えている。夫がいない証拠だ。できれば眠りにつくまで帰って来て欲しくない。明日は土曜日。夫は早朝中津川に向かい、一泊して日曜日の最終電車で戻ってくるのがいつものパターンだ。家に着くのは日付が変わってからなので、早紀はベッドに入っている。寝室を別にしているので、今夜会わなければ月曜日まで顔を合わせなくていい。

玄関のドアを開けると、外気以上に冷たい空気が満ちていた。

まだ眠くはなかったが、急いでシャワーを浴び、ベッドに入った。睡魔に取り憑《つ》かれるまで、根岸に勧められたワインの教科書を読む。ソムリエの資格を取るつもりはなかったが、知識が邪魔になることはない。そう思って読み始めるが、いつも数ページで寝落ちしてしまう。

翌朝、キッチンの物音で目が覚めた。夫が自分の朝食を作っている。トーストとハムエッグ。インスタントスープを付ける。早紀が作らなくなって、夫の朝はそればかりだ。

しばらくして玄関のドアの開閉音が聞こえた。

夫は祐天寺駅から東横線《とうよこ》に乗り、菊名《きくな》でJRに乗り換えて新横浜に向かう。新幹線で名古屋まで行き、中央本線で一時間あまりで中津川駅だ。夫と一緒に何度も通った道程だった。

夫は中津川市で生まれ育った。四年前に父親が亡くなり、夫は母親を東京に呼び寄せようとした。早紀はもちろん賛成したが、本人が嫌がった。義母は夫に相談なしに長年住んでいた家を売り払い、友人が何人も入居しているという理由で中津川市内の介護施設に入ってしまった。

それ以来、夫は一ヶ月に一度顔を見せに行っていた。早紀もラパンを休んで同行することもあったが、もう行くことはない。少なくとも夫と一緒には。

早紀の気持ちは判っているはずなのに、なぜ夫は誘ったのか？　義母の体調に変化があったのか？　それとも、義母の前で〝仲のいい夫婦〟を演じたかったのだろうか？

夫とはずいぶん話をしていない。必要最低限のことをメッセンジャーでやり取りするだけ。それでも義母に大事があれば直接言うはずだ。

夫のことを気にしてもしかたない。早紀はベッドを抜け出した。

顔を洗い、しっかりと目を覚ましてキッチンに立つ。健太はまだ起きてこない。そう言えば子供部屋のめざましアラームは鳴ったんだろうか？　気がつかなかった。

「健太！　起きてる？　七時過ぎてるよ！」

返事はない。

豆腐と油揚げの味噌汁《みそしる》を作り、鮭《さけ》を焼き、チーズとキノコのオムレツを完成させる。

健太はまだ起きて来ない。

「いい加減に起きないと集合時間に間に合わないわよ」

健太の小学校では集団登校を実施していた。集合場所はマンションの前なのでぎりぎりまで大丈夫なのだが、健太は何をやるにしてもスローモーなので気が気ではない。

健太の部屋を覗《のぞ》く。いない。なんだ、起きてるんだ。

「洗面所なの？」

いなかった。

トイレをノックしたが、気配すらない。

朝の動線からは外れているが、ベランダを見に行った。寝ぼけてトイレと間違えて出たのかもしれない。

ベランダのガラス戸には鍵がかかっていた。それでも覗いてみた。

「健太、隠れんぼしてたらご飯食べる時間なくなっちゃうよ」

返事はない。ウォークインクローゼットも覗いてみたが、いない。

早紀は狐《きつね》に摘《つま》まれたような思いでキッチンの椅子に腰掛けた。

目の前のテーブルには三人分の朝食が並んでいた。

習慣とは恐ろしい。夫は出かけているのに。

それに、健太は……。

不意に、金属を舐《な》めたような感覚が口の中に広がった。早紀はたまらず流しに行って吐いた。昨日の昼、サンドイッチを食べただけだったので、胃の中には何もない。こみ上げてくるのは胃液だ。

「ママ、大丈夫？」

声に振り返ったが、健太はいない。

「健太、どこなの？」

早紀は這《は》うように子供部屋へ行き、ベッドに倒れ込んだ。枕には、まだ健太の匂いが残っている。

あの朝も、健太はなかなか起きてこなかった。前の夜、昂奮《こうふん》して夜更かししたせいだった。

夫は日曜日なのに早朝から出かけようとしていた。

「会議は明日の朝イチでしょ？　福岡には最終便で行けばいいんじゃないの？」

健太の九歳の誕生日だった。家族で水族館に行き、プレゼントを買い、行きつけのイタリアンで食事をすることになっていた。レストランには健太の好きなフルーツケーキも特注してある。

「今日はゴルフなんだ」

夫は面倒臭そうに言った。面倒臭いのはゴルフだろうか、早紀への説明だろうか？

「断れないの？」

「ゴルフも仕事だよ。家族サービスだからって断れない」

子供の誕生日に家族一緒に過ごすことは〝サービス〟？

夫が家族を大切に思っていることは理解している。仕事が忙しいことも判っている。でも、「健太が可哀相《かわいそう》」と言ってしまう。

「無理言わないでくれ」

夫はなだめるように言う。早紀は夫の仕事に理解がない妻の役を演じさせられている気がした。

夫が急に笑顔になった。健太が眠そうに目をこすりながら起きてきたのだ。

「健太、誕生日おめでとう！」

「……パパ、どこか行くの？」

「ごめんな、急に出張になったんだ」

「つまんない！」

「ご飯は来週行こう。プレゼントは注文してあるからママと一緒に取りに行きなさい」

「プレゼントはなになに？」

「内緒だよ」

健太は「えーっ」と言ったがそれ以上は聞かなかった。先に知ってしまうとつまらないと判っている。

プレゼントはグローブだった。夫は高校球児でプロ野球選手を目指していたが、肩を壊してやめざるをえなかった。プロ野球選手になる夢は健太に託した。健太は夫の思惑通りに野球を好きになり、小学校に上がると自分からリトルリーグに入りたいと言い出した。

中津川の義母から電話があったのは、夫が出かけた後だった。おばあちゃんっ子の健太は嬉しそうに話していたが、義母は孫よりも息子と話したかったようだ。

炊事、洗濯、掃除、専業主婦らしく家事のノルマを果たす。いつもはゲームに忙しい健太が積極的に手伝ってくれた。早く出かけたいのだ。

十四時過ぎ、健太は靴を履くのももどかしく玄関を飛び出した。

「ちょっと待って！」

慌てて追いかけ、エレベーターホールで捕まえた。

「いい？　外に出たらママの手を離しちゃダメだからね」

健太を向き直らせ、しっかりと念を押した。

「判った！」

しかし、エレベーターに乗り込むと健太は〈閉〉ボタンを連打した。祐天寺駅に行くには交通量の多い駒沢通りを渡らなければならない。この勢いだと信号は目に入らないだろう。早紀は健太の手をしっかりと握った。

八階から住人の靖子《やすこ》が乗ってきた。

「僕、今日誕生日なんだ」

健太はお祝いの言葉を強要。靖子は笑顔で祝福してくれた。

「ね、今朝ゴミ置き場にソファが捨てられてたでしょ？」

「ええ」

「粗大ごみ回収のシールが貼られてなかったのよね」

早紀は気がつかなかった。

「私、1012号室の清水《しみず》さんだと思うの」

ゴミ出しのルールが守られないのは困るけれど、犯人を詮索する気にはならない。

靖子とそんな話をしながら駒沢通りまで来た。歩行者用信号は赤だった。

健太は信号の赤の目盛りが減るのを見守っている。

「五……四……三……」

駒沢通りの信号が黄から赤に変わり、右手から来たセダンがスピードを緩めて停止線で停《と》まった。左手からはトラックが来ているが、交差点まではまだ距離がある。

「ゼロ！」

歩行者用の信号が青に変わった。途端に健太が走り出し、早紀の手が引っ張られた。

不意に獣の咆哮《ほうこう》が聞こえた。ギョッとして見ると、ワゴン車が猛スピードで向かってきていた。コントロールを失っている。中央ラインを越え、早紀たち目がけて襲いかかった。

足が竦《すく》んだ。だが、驚くほど冷静だった。ワゴン車の動きがスローモーションになった。

驚愕《きようがく》に目を瞠《みは》る運転手の顔もはっきり見えた。彼は必死にハンドルを操作しようとしている。このままだと健太も一緒に轢《ひ》かれてしまう。ワゴン車はもう目の前だ。早紀は咄嗟《とっさ》に健太を突き飛ばし、目を閉じた。人生最期の瞬間を待つために。

激しい衝突音がして空気が震えた。

だが、早紀の身には何も起きなかった。目を開けると、ワゴン車が街路樹に激突し、ひしゃげたボンネットから水蒸気が上がっていた。

現実音が戻ってきた。靖子や通りがかりの人たちが立ち尽くしている。路上に何かが転がっていた。等身大の人形のようだ。足がもげている。近寄って拾い上げると生温かかった。

人形に思えたのは健太だった。その目は驚愕に見開かれたまま。体の下から血の海が広がっていく。

早紀の意識はそこで途切れた。


真っ白な世界。

「ね、しっかりして。気を確かに持って」

聞き覚えのある声がして、視界に色が戻った。

声の主は目を充血させた靖子だった。手を握ってくれている。

救急病院の廊下。健太は集中治療室にいる。医師たちが懸命に蘇生《そせい》させようとしているらしい。これは現実に起きていることなのか。悪夢に迷い込んでしまったとしか思えなかった。

「とにかく旦那さんに知らせたほうがいいわ」

「……ええ」

そう答えたが、動けなかった。

「私が番号を知っていればかけたんだけど……。あなたがバッグを握りしめていたからスマホを調べることもできなくて」

「……今、何時ですか？」

「九時よ」

電話しなきゃ。

「……もしもし、今日六時に予約した……ええ、そうです。急に行けなくなって、連絡もできなくて……」

「ちょっと、どこに電話してるの」

靖子が子供を窘《たしな》めるような口調で言った。

「……ありがとうございます。また改めて予約を取ります。すみません」

早紀は電話を切った。

「しっかりして。旦那さんに電話するのよ」

靖子に命じられるまま、夫にかけた。

一コール目で繋がった。

「接待中なんだ。かけ直す」

電話は切れた。

すぐにリダイヤルする。

「おい……」

夫が非難めいた声を出した。

「健太が、撥《は》ねられたの」

言いたくなかった。言葉にすれば現実だと思い知らされてしまう。

夫は小さく唸り、絶句した。きっと蒼褪めた顔で接待相手を振り返り、怪訝《けげん》な視線を返されて曖昧《あいまい》な笑顔を作っているのだろう。

「本当なのか？」

夫の声が大きくなった。きっと廊下に出たのだ。

「怪我《けが》はどうなんだ。命に別状はないんだろ？」

「帰ってきて下さい」

「状況を教えてくれ」

「帰ってきて下さい」

同じことしか言えなかった。夫は苛立《いらだ》ち、この時間だと羽田行きの最終便には間に合わない、明日の始発便で帰る、と声を荒らげた。

夫が出張しなければ、三人で出かけていれば、健太は事故に遭《あ》わなかった。今頃は食事を終えて帰宅し、健太はプレゼントのグローブを抱いてベッドに入っていたはずだ。

気がつくと電話は切れていた。靖子が、あんなひどいことを言って大丈夫？　と心配している。

何を口走ったのか覚えていない。ひどいことを言ったのは夫の方ではないか。

靖子は一晩中寄り添ってくれようとしたが、早紀は一人で祈りたかった。

靖子が帰り、深夜二時になって集中治療室のドアが開いた。

ナースに促され、中に入る。処置台の上に、生命維持装置に繋がれた小さな体があった。

「腹部に大量の出血があり、血圧が上がらない状況です。頭も強く打っていて、硬膜下出血を起こしています。命を取り留めたとしても、意識が戻らない可能性があります。意識が回復しても障害が残るでしょう」

容赦のない医者の言葉だった。それでも奇跡を信じ、健太の手を握った。

明け方、心電図の波形がフラットになった。

医者は無念そうに何かを呟いた。

早紀はまた意識を失った。

健太の夢を見る。

運動会だ。徒競走。健太はスタートしてすぐに転んだ。夫と一緒に「頑張れ」と声援を送る。擦《す》りむいた膝小僧を抱えて泣きそうになるが、唇を嚙《か》んで立ち上がり、再び走り出した。一人抜き、二人抜き、一着になった。

「ママ、やったよ!」

健太はゴールした勢いのまま早紀の胸に飛び込んできた。健太の体は燃えるように熱かった。

「ママ」

健太の声? 真っ白な病室。

ベッドサイドに立つ蒼褪めた男。

後ろにいた医者が「気がつかれましたね」と声をかけてくる。

早紀は頷き、上体を起こすとベッドから降りようとした。

ふらつきそうになると、男が腕を取って支えてくれた。

その時初めて夫だと気づいた。福岡から始発便で帰ってきたのだろう。

ナースに先導され、夫と一緒にエレベーターに乗った。地下に降りると薄暗い廊下の先に扉があった。

それが霊安室と判り、足が竦んだ。夫は早紀の背中に手を当てた。優しさだったのかもしれない。でも、早く行けと急《せ》かされている気がした。

中に入ると震えが止まらなくなった。

安置台の健太は白い布に包まれている。

白く透き通って蠟細工《ろうざいく》のような健太の顔。

震えが止まらない手で触れる。氷のように冷たい。両手で包み込んで温めようとしたが、手が凍りそうだった。

「健太……」

話しかけても応《こた》えてくれない。

霊安室に誰かが入ってきた。

「早紀ちゃん……」

男の声。早紀は救いを求めるように振り返った。

男の顔は歪み、目も充血している。健太のために泣いてくれているのだ。

篠山良平《しのやまりょうへい》。早紀と夫の大学の同級生。英米文学専攻でゼミも同じ。三人とも小説家を志していたが、早紀と夫は早々に自分の才能に見切りをつけ、就職する道を選んだ。

篠山はある文芸雑誌の新人賞に入賞したこともあるが、今はフリーのライターで様々なジャンルの原稿を書いている。知り合って二十年以上経《た》っても気の置けない友人だった。

病院職員がダークスーツの男二人を伴ってやってきた。

「このたびはご愁傷《しゅうしょう》さまです。ご遺体はご自宅に運ばれますか?」

「なんだよ」

篠山が喧嘩腰《けんかごし》で言った。

「こちらにご遺体を安置できる時間は限られておりまして……」

「対面したばかりだぞ。いくらなんでも無神経だろ」

「申し訳ありません。しかし……」

職員は困惑してダークスーツの男たちを見た。

男たちは三人に頭を下げ、名刺を差し出した。葬儀屋だった。

篠山は男たちから名刺をひったくると、早紀たちを振り返った。

「俺に任せてくれ。お前たちは健太くんのことだけを思ってろ」

篠山は男たちを追い立てて霊安室を出ていった。

残された早紀と夫はただ黙っていた。骸《むくろ》と化したわが子を前に、何を話せばいいのか判らなかった。

健太のベッドで寝るようになったのはいつからなのか覚えていない。窮屈に体を曲げなければいけなかったが、苦ではなかった。必ず健太の夢を見られるのだから。

上体を起こしてみたが、頭が重い。また横になった。

結局昼営業は休ませてもらった。心配した笹森は夜も休むように言ってくれたが、行かなければならない。今日が誕生日の〝健太〟くんのために。

3

和歌山刑務所はJR和歌山駅からタクシーで十分ほどのところにある。

日本に十ヶ所ある女性受刑者を収容する刑務所の一つで、外壁はブルー系統の三色に塗装されており、刑務所という言葉から受ける物々しさはない。

受刑者との面会は電話やメールでは予約できない。当日来て申し込むしかないのだが、必ず面会できる保証はない。受刑者に拒否されたらすごすごと帰るしかない。

篠山は、二度無駄足を踏まされている。一度は手紙で約束を取り付けていたにも拘《かか》わらず、会いたくないの一言で拒絶された。刑務官に説得を頼んだが、受刑者の意思だと突き放された。和歌山までの交通費、時間が無駄になった。

果たして今日は会えるのか。いや、会わなければならない。

「篠山良平さんですね？　どうぞ」

刑務官に案内され、面会室に入った。椅子以外何もない殺風景な空間。仕切りのアクリル板の向こうに受刑者は現れるのか。ここまで来ても安心できない。

飯塚芳恵《いいづかよしえ》、三十四歳。殺人および死体損壊・遺棄罪で懲役十七年の実刑判決が確定し、服役している。

彼女は夫・飯塚悟《さとる》、三十六歳を殺した。

二人は製薬会社の同僚で五年前に結婚した。三年前に飯塚は会社をやめ、退職金を頭金にして八百万円で大型トラックを購入。大手運送会社と契約して長距離輸送を請け負い、月の半分以上を車上で過ごすようになった。芳恵は薬剤師の資格を生かし、製剤薬局で働き始めた。二人が一緒に過ごす時間は少なかったが、近所でも評判のおしどり夫婦だった。休みの日には夫婦揃《そろ》って行きつけの居酒屋で食事をしたり、公園を手を繋《つな》いで歩く姿がたびたび目撃されている。

去年十月三日、高尾山《たかおさん》登山コース脇の林で段ボール箱五個が見つかった。風雨に晒《さら》されたせいで箱が破れ、小分けされた肉塊が剝《む》き出しになっていた。発見したハイカーは食用の牛や豚かと思ったが、鑑定の結果〝人肉〟と判《わか》り、死体損壊・遺棄事件として捜査が開始された。

人肉が入っていた段ボール箱は〝飯塚運送〟のもので、飯塚が数日前から行方不明になっていることが判った。やがて〝肉〟は飯塚のものと判明。知らされた芳恵は泣き崩れた。しかし、彼女は飯塚の行方不明者届を出しておらず、挙動もおかしかったため捜査本部は任意で事情を聞いた。

飯塚が行方不明になった日に、芳恵の運転する軽トラックが中央自動車道八王子《はちおうじ》本線料金所から高尾方面に向かったことが確認されると、捜査本部は令状を取って家宅捜索した。風呂場に血液反応があり、排水溝からは飯塚の肉片が発見された。

芳恵は死体損壊・遺棄容疑で逮捕され、二十日の勾留《こうりゆう》期限が切れる寸前に犯行を自供した。

芳恵は酔って帰ってきた飯塚に更に飲ませ、深く寝入ると用意していた麻縄で両手足をベッドに縛りつけた。そして首に麻縄を巻きつけて全体重をかけて引っ張った。飯塚は目を覚ましたが抵抗できず、もがき苦しんで絶命した。芳恵は生き返ることを怖《おそ》れて一時間以上縄を引っ張り続けた。飯塚の気管は潰《つぶ》れ、首の骨は折れていた。

芳恵は死体を風呂場まで引きずっていくと、出刃、刺身、肉切りなど数種類の包丁を使って解体した。運びやすいように二キロずつに切り分け、三十五個の肉塊を五つの箱に詰めて遺棄現場へ運んだのである。

何故《なぜ》自社の段ボール箱を使ったのか謎だったが、芳恵は「どうせ発見されるだろうし、捕まるから」と薄ら笑いを浮かべて言ったという。

芳恵は取り調べでも裁判でも犯行の一部始終を詳細に語ったが、一つだけ話さなかったことがある。

動機だ。

検察官、裁判官、マスメディア、そして一般人も不可解な事件が起きると自分が理解できるストーリーを作りたがる。痴情のもつれ、嫉妬《しっと》、独占欲、金目当て、快楽……だから容疑者は殺したんだと納得できる動機を勝手に作り上げ、容疑者に同情したり憤ったりしたいのだ。ワイドショーでは連日心理カウンセラーや元刑事、タレントたちが妄想に近い推理をひけらかした。

篠山はグルメ絡《がら》みや企業タイアップの記事、時には犯罪レポートなど、節操なく雑文を書いて糊口《ここう》を凌《しの》いでいたが、コメンテーターたちとは別の視点で事件を見ていた。

金になる。

しかし、篠山もジャーナリストの端くれだ。思い込みや不正確な情報で事実とかけ離れたストーリーを作ることだけはしないと自分を戒めていた。芳恵の生《お》い立ち、家族関係、飯塚との恋愛、結婚生活、周辺の人間たちとの関係を徹底的に取材した。だが、夫殺しの動機は見えてこなかった。

芳恵は今年六月、地裁で判決を受けた。検察は量刑不当で控訴したが、高裁は控訴棄却、地裁の判決を支持し、懲役十七年の実刑が確定した。

芳恵が和歌山刑務所に収監されると、政治家の汚職事件や人気タレントのスキャンダルが相次ぎ、彼女はあっという間に過去の人となった。

だが、数人のジャーナリストが芳恵の取材を続けていた。篠山同様、金の匂いを感じているのだ。篠山は彼らより先に動機を摑《つか》み、記事にまとめようと焦っていた。

アクリル板の向こうのドアが開き、女性刑務官に伴われて芳恵が入ってきた。

「篠山さん、久しぶり」

芳恵は少女のような笑顔で言った。二週間前に会った時より垢抜《あかぬ》けて見える。サイズが大きめのエメラルドグリーンの舎房着がなぜか華やかに見える。髪の毛をショートにしたせいだろうか？　それとも彼女の中でなにかがふっ切れたのだろうか？

今日は喋《しゃべ》ってくれる。そんな予感がした。

「またお会いできて嬉《うれ》しいです」

篠山はまっすぐに芳恵の目を見て言葉を続けた。

「今日会ってくれたのは、動機を話したくなったからですね？」

芳恵は唇の端を少し歪《ゆが》めた。嘲《あざけ》りを含んだ笑いだった。

芳恵は篠山が差し入れた週刊誌の話を始めた。某ベテラン女優の再婚に納得がいかないらしい。時間が気になった。今日は希望者が多く、面会時間は十五分しかない。それでも芳恵の機嫌を損ねないように相槌《あいづち》を打つしかない。

「なんであんな男と再婚するんだろ。前の旦那と縒《よ》りを戻したほうがいいんじゃないのかなあ」

女優の前夫は大手テレビ局のプロデューサーで、再婚相手は十歳も年下の舞台俳優だった。

「だって、プロデューサーは才能が枯渇して現場から外されても局員でしょ？　収入は安定してる。でも若い俳優は才能がなければ干されてお終《しま》いじゃない」

「大化けして超売れっ子になる可能性もありますよ」

「確率は低いよね」

芳恵の口が更に歪んだ。

ふと、思い当たった。芳恵は飯塚に何の不満もなかったと言い続けていたが、嘘《うそ》ではないのか?

「芳恵さん、あなたは飯塚さんが会社をやめて運送業をやることを応援していたと供述してますが、本当は嫌だったんじゃないですか?」

芳恵は露骨に不愉快な顔になった。話の腰を折られたからじゃない。篠山の質問が核心を衝《つ》いたからだ。席を立たれる危険はあるが、畳み掛けるしかない。

「あなたは製薬会社に勤める飯塚悟さんと結婚した」

〝製薬会社〟を強調した。

「ところが飯塚さんはあなたに相談することなく会社をやめ、トラック運転手になった。サラリーマンと自営の運送業では背負うリスクが違う。それに……」

「ふふふ」

芳恵は低い笑いで遮《さえぎ》ろうとしたが、構わず続けた。

「あなたは結婚二年目から大東京総合病院産婦人科に通っています。不妊治療のためですね」

笑顔が消えた。

「あなたは子供が欲しくてたまらなかった。ところが、飯塚さんが転職すると産婦人科通いをやめた。子供を持つことに不安を覚えたんだ。いや、あなたは安定した生活が送れる環境で子供を育てたかった。だから子供を諦めた。本当に欲しかったのに。あなたは、自分の人生の脚本を断りもなしに書き換えた飯塚さんが許せなかった」

芳恵が真顔になった。篠山は決定的な一言を放った。

「だから飯塚さんを殺した」

芳恵は「まさか！」と、ひときわ大きく笑ってみせた。

確信した。芳恵は図星《ずぼし》を指され、動揺を隠すために笑った。そうやって自分自身を騙《だま》そうとしている。芳恵は飯塚が転職してからずっと怒りを抑え込んでいたのだ。それが二年という時間で殺意に変わり、爆発した。

間違いない。売れる記事になる予感がした。

不意に芳恵が立ち上がり、面会室を出ていこうとした。

「芳恵さん！」

慌てて呼びかけると、芳恵は振り返った。そして、まるで呪いをかけるように言った。

「あなたも人を殺すわよ」

思いがけない言葉に怯《ひる》んだ。ドアが閉まり、篠山は面会室に一人残された。

ＪＲ特急くろしおの座席に身を沈めると、ため息が漏れた。

芳恵を挑発してしまった。もっと遠回しに言うべきだっただろうか？　いや、挑発したことで今まで判らなかった芳恵の心が一瞬透けた。しかし、来週の面会は拒否されるだろう。しばらく連絡せずにほとぼりを冷ますしかない。

それにしても。

芳恵の最後の言葉が気にかかった。

「あなたも人を殺すわよ」

確かに殺したいヤツは何人もいる。まず、連載を打ち切った某週刊誌の編集長だ。

きっかけは春先の骨折だった。領収書をかき集め、期限ギリギリに確定申告の書類を書き終えた。やはり今年も同年代の平均以下の収入しかない。だが、早ければ来月には還付金が入る。無理矢理ポジティブな気分にして焼肉を食いに行った。誰かを誘うと奢《おご》らなければならないから一人で。満腹にして新宿ゴールデン街に流れる。大学時代に社会見学だと緊張して足を踏み入れた場所だったが、今では自宅よりも居心地がよかった。行きつけのバーを二、三軒ハシゴし、いつの間にか顔なじみのライターと話し込んでいた。内容は覚えていない。そいつが帰ったのはおぼろげに記憶している。どうやらそのまま寝てしまったようだ。

「篠山ちゃん、始発動いてるよ」

髭《ひげ》が濃くなった女装マスターに起こされ、慌てた。そんな必要なんかないのに。水を一杯飲めば自分がどこにいるのか思い出したはずなのに。

勢いよく扉を開けて外に出ると、床がなかった。代わりに落とし穴があった。体重は踏み出した足に乗ってしまっていた。狭くて急な階段に体をあちこちぶつけながら転がり落ちた。勢い余って道路にまで飛び出した。朝の光が眩《まぶ》しかった。左足の膝から下がありえない方向に曲がっていた。

病院で酔いが醒《さ》めると、まるで集団リンチを受けたかのように全身が痛んだ。

「階段から落ちて亡くなった女性作家もいるんだから、足の骨折だけで済んでラッキーと思わなきゃ」

見舞いに来た編集長は呆《あき》れ果てていた。彼に会ったのはこの日が最後だった。

一ヶ月入院し、退院してもギプスは外れず、松葉杖《まつばづえ》生活が更に一ヶ月ほど続いた。その間はテレビやネットを見れば書けるニュースサイトの記事を粗製乱造することと、取材テープの書き起こしぐらいしかやれる仕事はなかった。

週刊誌に連載していたのは地方の珍しいグルメを紹介する記事で、取材は必須だった。担当の編集者と一ヶ月に一度地方都市を巡り、ネタになりそうな地元メシを食べ歩く。骨折したのは取材旅行の前日だった。取材は当然中止になり、治ってからでは間に合わないからとピンチヒッターが立てられた。

翌月の取材は松葉杖でも行くつもりだったが、担当から今回も他のライターに任せたいと連絡が入った。

「あのコーナー、篠山さんがずっと書いてるでしょ？　マンネリだから新しい血を入れたいんですよ」

「マンネリ⁉」

「あ、いや、俺じゃないです、編集長がそう言うんです」

ムカついた。

「前号のライターを使うのか？」

「ええ」

「今どき『まったりした味』なんてフレーズ使うか？」

「ありなんじゃないですか？」

「はあ？」

「いやいや、俺は篠山さんのほうがいいと思ってるんですよ」

「だったら編集長にそう言ってよ」

「もちろん言いますよ。でも編集長、頑固なんですよね」

説得する気はサラサラなさそうだった。「他の企画で穴埋めしますから」と捨て台詞《ぜりふ》のように言われた。編集長に直接掛け合おうとしたが、電話に出ない。会社に乗り込んだが、受付で止められた。

殺したいと思うが、本当に殺しはしない。当たり前だ。代償が大きすぎる。

しかし、これはまだいいほうだった。

初めて付き合う出版社からムック本の責任編集を任されていた。〝平成〟を重大事件で振り返る企画を半年かけて準備していた。事件を選定し、ふさわしいライターに依頼し、一緒に取材を進めていた。が、出版社が倒産した。三人の社員たちは大手出版社が拾ったが、企画を引き取るところはなく、ムック本は発売中止になった。

蒼褪《あおざ》めた。制作費の大半を立て替えていたからだ。完成した時点で精算する約束のため、全額回収不能。銀行口座の残高はマイナスになった。定期預金の二百万円を食いつぶしていくしかない。仕事は他にもあったが、イレギュラーでギャラも安い。取材と執筆に一ヶ月以上かかってギャラが二十万円。コンビニでアルバイトしたほうがマシだ。

もし次回の面会で芳恵が洗いざらい喋ったとしても、裏付け取材、執筆を超特急で終わらせて本にしたとしても、原稿料が入ってくるのは一年先だ。それまでどうやって凌げばいいのか。

それにしても芳恵の言葉。

「あなたも人を殺すわよ」

マクベスに王になると予言した魔女を思い出した。

大阪に到着した時、雨が降っていることに気づいた。駅舎の屋根を叩《たた》く雨の音が、沈んだ気持ちを更に落ち込ませてくれた。

4

篠山が店に入ってきたのは、〝健太〟くんのケーキに七本の蠟燭《ろうそく》を立てていた時だった。

「いらっしゃいませ」

根岸が篠山を迎えた。

「久しぶり。空いてる？」

「カウンターになっちゃうんですけど……」

「全然ＯＫ」

篠山がカウンターに腰掛けたのを確認して、蠟燭に火を点《つ》けた。

井上が店の明かりを消し、佳奈と一緒に〝健太〟くんのいるテーブルまでケーキを運んだ。

♫ハッピーバースデートゥーユー♫

男の子は驚き、目を瞠った。そして早紀たちと一緒に歌う両親に泣きそうな笑顔を向けた。

店にいた客も全員が歌って男の子を祝福した。

男の子は両親に促されて蠟燭の火を一気に吹き消す。

井上が店の明かりを点けると、拍手が起きた。

大役を終えて厨房に戻りかけると、篠山が声をかけてきた。

「大丈夫なの？」

早紀は四十九日の法要の時に激しい頭痛に襲われた。心療内科を受診し、それが〝記念日反応〟と呼ばれるものだと知った。

事件や事故に遭遇した人間は節目の時期に不眠や落ち込み、不安になったり発作が起きたりする。些細なことがトリガー（引き金）になるので油断がならない。

幸いなことに〝健太〟くんの誕生日はトリガーにならなかった。

「大丈夫。ありがとう」

篠山は微笑むとスパークリングワインを呷《あお》った。取材で和歌山日帰りはつらいと、といつもより速いペースで飲む。

心療内科の受診を勧めてくれたのも篠山だった。

「抵抗あるのは判るけど、怪我をしたら外科で治療してもらうだろ？　早紀ちゃんは健太を亡くして心を怪我した。心の治療をするのは心療内科なんだ」

「ウソ⁉」と女性客が小さく声を上げた。

早紀は店側がなにかミスしたのかと思い、慌てて飛んでいった。

「あ、違うんです。これにびっくりしちゃって」

連れの男性がスマホの画面を見せた。そこにはニュース速報が表示されていた。

――長野県で列車事故。死傷者多数。

「両親が旅行中なんです」

女性客は早紀に断ると店の外に出て電話をかけ始めた。

……そう言えば、夫はいま長野県の近くにいる。

怪訝な顔で見ていた篠山に速報の内容を伝えると、篠山は真顔になって店を出た。入れ違いで女性客が戻って来る。温泉にいる両親と連絡が取れたと連れに報告し、ホッとした様子でワインを口にした。

篠山もすぐに戻ってきたが、女性客とは逆にすっかり酒が抜けたようだった。

「テレビの報道のヤツに聞いた。かなり大きな事故で局内は騒然となっているそうだ。悪い、注文キャンセルしてもらえるかな」

篠山は無造作に五千円札を置くと、厨房の笹森たちに挨拶して店を出ていった。

篠山を見送って店内に目を戻すと、窓際のカップルは事故を忘れ、〝健太〟くん一家や他の客は事故を知らずに楽しい時間を過ごしている。

ラパンは閉店時間を客に告げない。時間を気にすることなく食事とワインを楽しんでもらいたいからだ。アルコールが入ると饒舌《じょうぜつ》になって長居する客もいるが、その時間も大切にして欲しい。

土曜日ということもあり、最後の客が帰ったのは二十三時過ぎ。自宅に戻った時には日付が変わっていた。疲れていたが、夫がいないだけで心が軽かった。ゆっくりと湯船に浸《つ》かり、蓄積した疲労を溶かす。それだけで溶けきれなければ白ワインの力を借りる。一人で飲む時はデミボトルにしている。それ以上飲むと涙が止まらなくなってしまうから。

白ワインを普段使いのグラスに注ぎ、ソファに身を沈める。ふと、列車事故のことを思い出し、テレビを点《つ》けた。

「……この時間は予定を変更して、長野県で起きた脱線事故のニュースをお伝えしています」

アナウンサーが緊張した表情で告げ、CMに入った。

チャンネルを替えたが、どの局も通常番組を打ち切って列車事故を伝えている。

事故が起きたのは土曜日の二十一時頃。三時間前だ。場所は中央本線十《じゅう》二《に》兼《かね》駅と野尻《のじり》駅の間。集中豪雨のために山側の崖が崩れ、線路に土砂が堆積《たいせき》。そこに長野行きの特急しなの号が突っ込んだらしい。先頭と二両目の車両が脱線し、木曽《きそ》川へ転落。死傷者数は不明。

現場から中継している局もあったが、偶然通りかかった情報番組の取材クルーの撮影らしく照明もなく、降り続く雨に煙って事故現場の全容は伝わらなかった。

夫のことが脳裏を過った。中津川は同じ中央本線の駅で、十二兼駅はその五つ先。夫が乗り過ごすことは考えられない。夫は中津川駅前のいつものビジネスホテルにいる。

……夫はこのニュースを見ているのだろうか？

早紀はスマホを手にしたが、一瞬迷い、夫ではなく篠山にメッセージを送った。

――遅くにごめんなさい。脱線事故のこと、取材してるの？

すぐに返事が来た。

――今夜は電話だけ。明日朝の状況を見て現場に行くかどうか決めるよ。

何人の犠牲者の身元が判明しているのか判らなかったが、もし夫の名前があれば篠山は伝えてくれるはずだ。

早紀は雨音に気づいた。窓の外を見ると、かなり激しく降っている。事故現場に雨を降らせている雨雲の帯が関東地方にまで延びてきたのだろう。

ベッドに入ったが、雨音に不安をかき立てられて眠れなかった。ふと時計を見ると六時だった。目覚ましは七時に設定してある。もう一度眠ろうとしたが、ダメだった。

夫にメッセージを送った。

――列車事故のこと、知ってるの？

朝型の夫は起きているはずだが、既読にならなかった。

顔を洗い、朝食を済ませても未読のままだった。

朝の情報番組は列車事故一色だった。久しぶりに起きた大きな事故に、どの局も司会者、記者、コメンテーター、出演者全員がはしゃいでいるように見えた。

事故現場からの中継に切り替わった。映し出されたのは、増水して濁り猛《たけ》り狂う木曽川だった。土砂に乗り上げて横転した車両は紙をくしゃくしゃにしたように潰れていたし、木曽川に転落した車両は濁流に流されまいと必死に耐えているように見える。まるで特撮映画を観ているようで現実感がなかった。

ヘルメットを被ったレポーターが今世紀最大の列車事故だと大仰に言い、現在確認されている死者が十人、重軽傷者は二百人を超える、また木曽川に投げ出された人が多く、捜索は難航しそうだと伝える。

息が苦しくなった。テレビを消し、静けさを取り戻す。スマホを確認したが、夫はまだ読んでいない。こんなに長い時間スマホを見ないのはどうしてだろう。いつ仕事の連絡が入るか判らないからと電源は常にオンにし、充電切れを恐れて予備のバッテリーを持ち歩くほどなのに。ロック画面で確認したのかもしれない。だったら早紀への返信など不要と思っているのだろうか？　それならそれでいい。夫のことを気にするのはやめよう。

出かけようとした時、篠山から電話がかかってきた。

「列車事故の取材には行かないことにした。テレビも新聞も大量に記者を投入してるから、俺のようなフリーランスが入り込む余地はないだろうし、事故そのものには興味がないからね」

篠山は昔から人間ドラマを取材したいと言っていた。事件や事故によって運命を変えられた市井《しせい》の人間たちの姿を追いかけたい――と。

早紀が聞きたいのは、夫が事故に巻き込まれたかどうかだった。でも、確かめて欲しいとは言えなかった。大学時代から篠山には世話になりっぱなしだし、頼めば調べてくれるだろうが、彼の時間を奪うのは申し訳ない。夫さえ、連絡を返してくれればいいのだ。

日曜日のラパンは休憩なしの通し営業である。平日のランチと違い、夫婦や家族連れが目立ち、シャンパンやワインも多く出る。いつもは楽しげな話が聞こえるのだが、今日はやはり列車事故の話題ばかりだ。

時々控室に戻ってスマホをチェックした。夫へのメッセージは既読にならない。

家に帰り着いたのは二十三時前。夫はまだだ。最終電車なら〇時過ぎに帰ってくる。いつもならその前に布団に潜り込むのだが、リビングで帰りを待つことにした。

午前一時を過ぎても夫は帰ってこなかった。東京に戻り、どこかで飲んでいるのならそれでもいい。せめて連絡ぐらいして欲しい。

風呂を済ませ、白ワインを開ける。テレビを点けると今夜も列車事故のニュースばかりだった。死者は二十人を超えた。画面に犠牲者の名前が表示され、アナウンサーが感情を込めずに読み上げていく。

夫は中津川にいるのか？　だとしたら明日、月曜日恒例の午前中の会議に間に合うのだろうか？

不意に首筋に冷気を感じた。隙間風ではない。悪い予感。

事故を起こした列車に夫が乗っていた可能性はゼロなのに。

テレビ画面に流れる犠牲者の名前を食い入るように見つめた。

……ない、しかし怪我をして病院に運ばれている可能性はないのだろうか。行方不明者や病院で治療中の重軽傷者の名前は公表されていない。ネットで検索してみたが、見つけられなかった。

月曜日。多くのビストロがそうであるように、ラパンも定休日だ。一日中ベッドの中で過ごして一週間の疲れを取るつもりだった。でも、一睡もできなかった。

メッセージが未読のままなことを確認し、夫の会社に電話した。

「まだ出社されてませんが」部下らしき女性が答えた。

「連絡はありませんか？」

「はい」

早紀は連絡するように伝言を頼んだが、夕方になっても夫からの電話はない。早紀は初めて夫のスマホにかけた。呼出音は鳴らず、直接留守番電話に繋がった。

もう一度会社に電話する。

「私たちも連絡をしてるんですが、電話は留守電になっていますし、メッセージも既読にはなりません。メールをチェックしている様子もないんですよね」

部下も困惑していた。

義母が入所している長寿苑《ちょうじゅえん》にも電話してみた。

「土曜日はいらっしゃいましたよ」

「土曜日は？」

「ええ。日曜日も伺いますと仰有《おっしゃ》ってたんですが、お見えになりませんでした」

「連絡もなかったんでしょうか？」

「そうなんです。お母様は『あの子は電話も寄越さない』と愚痴っていらっしゃいました」

「土曜日に伺った時、主人に変わった様子はありませんでしたか？」

「ご主人にですか？」

「ええ」

「いつものようにデイルームで三時間ほど、穏やかに話されていましたよ」

早紀は礼を言って電話を切った。

夫は日曜日も長寿苑に行くつもりだった。だが、行かなかった。いや、行けなかったのかもしれない、土曜日の夜に何かが起きて。

日付が変わった。ベッドに横になり、時々夫に送ったメッセージを見るが、既読にならない。着信もない。電話機能が生きているのか不安になり、天気予報にかけてみたりした。


遠くで聞き慣れない電子音がする。断続的に鳴り続けている。

起き上がり、リビングから聞こえていることに気づいた。滅多に使わない家の電話だ。

時計を見ると、朝七時を過ぎていた。

スマホに連絡先を登録できるようになり、電話番号を覚える必要がなくなった。その代わりスマホをなくすと誰とも連絡が取れなくなる。きっと夫はスマホをなくした。それで家の番号にかけてきたのだ。

早紀は受話器を取り上げた。

「もしもし」

返ってきたのは夫の声ではなかった。

「私、長野県警の田中《たなか》と申します」

自分の心臓の音が聞こえた。夫の在宅を確認され、いないと告げた。

「……どういったご用件でしょうか？」

「長野県の列車事故はご存知ですか？」

「……ええ」

悪寒《おかん》。

「ご主人が巻き込まれた可能性があります。こちらにおいでいただけますか？　……もしもし？　聞こえますか？」

5

東京駅は平日の午前中にも拘わらず混雑していた。人の流れに逆らって東海道新幹線の中央改札を目指した。中津川へ行かなければならない。化粧もせずに家を出た。ここまでタクシーで来たのか、電車で来たのか、記憶がない。

改札口に篠山がいた。一緒に行って欲しいと頼んだことも忘れていて驚いてしまう。

「大丈夫？」

喉に砂が詰まっているようで頷くことしかできなかった。

「長野県警は事故に巻き込まれた可能性って言ったんだよね？」

「……ええ」

「あいつが死んだと言ったんじゃないだろ？　きっとどこかの病院で治療を受けてるさ」

新幹線は定刻に発車した。

篠山は気を遣って話しかけてくれるが、その声は車窓の風景とともに遠ざかっていく。

夫と交わした最後の会話が思い出せない。代わりにあの言葉ばかりが甦《よみがえ》る。

「お前が手を離さなければ……」

夫は健太の遺影の前で、こともあろうに早紀の手を握りながら呟いた。

あの日あの時、手を離さなければ健太は死ななかった。

ずっと悔やみ続けてきたことだった。タイムマシンが欲しい。事故直前に戻って代わりに死にたい。

夫はそんな早紀の気持ちを判ってくれている、と思っていた。

でも違った。夫は健太の死は悼んでも、早紀の心の死は悼んでくれなかった。それどころか早紀が健太を殺したと思っていたのだ。

早紀は貝になった。夫に話しかけられても応えない。葬儀の最中も、小さな骨壺に納まった健太を自宅に連れて帰った時も、早紀は口をきかなかった。夫は長すぎる沈黙を悲しみのせいだと思っているようだった。

思い返せば四十九日法要の前から心と体は不調だった。

心療内科で薬を処方された。

「自分の判断で薬をやめないで下さい。効果が出るまで二ヶ月はかかりますから」

医者の言う通り、二ヶ月経つと心が軽くなった。それは薬だけでなく、篠山の気遣いのおかげもある。

篠山と会う機会は必然的に増えていった。帰りが遅くなっても夫は何も言わなかった。

夫は篠山から事情を聞いていたのかもしれない。

ラパンは、その頃に篠山が連れて行ってくれた店だった。

何度目かのラパンから帰宅した夜のことだった。夫は既に帰っていて入浴中だった。

バイブ音がした。テーブルに放置された夫のスマホだった。画面が目に入った。着信したメールの一部がロック画面に表示されていた。

——また福岡で会えますね。

早紀は壁のカレンダーに目をやった。会話をしなくて済むようにお互いの予定を書き込んである。

次の土日に〝福岡出張〟の文字があった。

メッセージの送り主は取引先だろうか？

もう一度画面を確認する。文末にハートマークが付いている。男だろうか？　いや、男は仕事相手にハートマークなど使わない。

差出人は〝星野《ほしの》〟と、姓だけが表示されている。

星野……記憶を辿《たど》る。

「星野と申します」

女性の声が脳内で再生された。

「このたびはご愁傷さまです」

映像が一気に溢《あふ》れた。鯨幕《くじらまく》、喪服、斎場……そうだ、健太の葬儀で受付にいた夫の部下だ。メガネをかけていた気がするが、それ以上思い出せない。

「説明して下さい」

風呂上がりの夫にスマホを突きつける。

夫はあからさまに動揺し「いや、違うんだ」と、浮気が発覚した時の男の常套句《じょうとうく》を口にした。

「何がどう違うんですか。ロックを解除して下さい」

夫はスマホを取り上げようとしたが、渡さなかった。

「ロックを解除できないだろ？」

「私がやります。パスワードを言って下さい」

「部下の星野くんだ。何でもない」

「疚《やま》しいことがなければ見せられるはずです」

夫はため息とともに四桁の数字を口にした。

ロックが解除された。星野以外の人物からのメッセージも多数あったが、星野からのものが目についた。

——まさか、課長と福岡にいる時に健太くんが事故に遭うなんて……。

福岡にいる時。

あの夜のことだ。

健太が亡くなった夜。

福岡から帰ってこなかった夜。

あの夜、夫は、星野と一緒にいた。

「説明するから聞いてくれ。出張は一人で行った。ところが、星野が現れた。勝手に来たんだ」

「勝手に？」

「一方的に好意を持たれてるんだ。俺はなんとも思ってないし、もちろん何もない」

「何もないのに福岡まで行きますか？」

「会社の飲み会の後にキスを迫られたことはある」

「迫られた？」

「送っていくタクシーの中で急にされたんだ」

「彼女に確かめるわよ」

「ああ」と夫は言ったが、すぐに撤回した。

「彼女は俺に迫られたと言うだろう」

「そうじゃないんですか？」

「違う。彼女はそういう女なんだ」

星野がどんな女なのか、考えたくもない。健太が死んだ夜、夫が星野と一緒にいたことは事実なのだ。そのくせ早紀が手を離したせいで健太が死んだと非難した。それが許せなかった。

スマホを投げつけた。

夫は避《よ》けなかった。スマホは夫の額に傷を作った。

家を飛び出す。夫と同じ空間にいたくなかった。

どこをどう歩いたのか、気がつくと薄暗いバーにいた。

「……落ち着いた？」

隣に篠山がいた。

「ごめんなさい。私、呼び出したのね」

「構わないさ、まだラパンで飲んでたし」

早紀は今あった出来事を話した。篠山は遮ることなく最後まで聞いてくれた。

「あいつが浮気するとは思えないんだよなあ」

篠山は夫を庇《かば》った。

「いや、庇ってるんじゃない。信じられないんだ」

夫に確かめると約束してくれた。夫は二十年来の友人に浮気を告白するだろう。それから？　篠山はそれを正直に教えてくれるだろうか？　きっと夫を庇って話さないに違いない。だとしたら篠山に相談しても意味はない。

「ごめん。今話したこと、全部忘れて」

早紀は席を立った。勝手すぎると判っていた。夜中に呼び出して愚痴をぶつけるだけぶつけて帰るなんて……。

篠山は引き止めないでくれた。ありがたかった。

夫が出勤する時間まで女性用のサウナで過ごした。マンションに入ろうとして躊躇《ためら》った。もしかしたら夫は会社に行かずに待っているかもしれない。恐る恐るチャイムを鳴らしたが、返事はなかった。

着替えて掃除を始める。リビング、ダイニング、健太の部屋。夫の書斎を除いて隅々まで綺麗にした。その間は何も考えずにいられた。

最後にキッチンが残った。食洗機の中の食器を棚にしまい、ガス台に置きっぱなしだったフライパンをシンク下の収納にしまおうとした。

包丁があった。

そうだ、そろそろ研《と》がなきゃいけなかった。

切れ味はどうだろう。左手首に当てて引いてみる。白い肌に赤い線が付き、血が滲《にじ》み出してきた。

もっと力を込めないと切り落とせない。もう一度手首に刃を当てた時、チャイムが鳴った。無視したがしつこく鳴り続けた。

モニターを見ると篠山だった。どうして？　頭が混乱した。篠山は早紀が家にいると確信しているようにチャイムを鳴らしている。(開)ボタンを押すしかなかった。

包丁を取り上げられ、傷口をキッチンにあった布巾《ふきん》できつく縛られた。

「なんでもないの、ほっといて」

病院に連れて行かれた。傷は深くなかった。やはり包丁はいつも研いでおかないといけないと思った。

処置室を出ると、夫がいた。篠山が呼んだのだろう。

「早紀……」

夫は顔を歪めていた。哀《あわ》れみなのか、蔑《さげす》みなのか、よく判らなかった。

篠山に促され、夫と家に帰った。

家に着くと、早紀はあの言葉を聞いてからずっと思い続けていたことを口にした。

「離婚して下さい」

夫は予想していたようだ。しかし、承知しなかった。

「もう無理でしょう、私たち」

「誤解させて悪かった。俺はお前を裏切ってはいない」

「別れて下さい」

「早紀……」

一緒にいたくない。でも、健太の思い出が詰まったこの家は出たくない。

「あなたが出ていって下さい」

「……そうするのがいいのかもしれない」

「ええ」

「でも、せめて七回忌までは夫婦のままで弔《とむら》ってやらないか？」

夫は健太の遺影に目をやった。

6

まもなく名古屋駅に到着するという車内アナウンスで、ようやく現実に戻ってこられた。

「……ごめんなさい、忙しいのに付き合わせて……」

篠山は柔らかな笑顔で首を振った。

名古屋駅で特急しなの号に乗り換える。本来は長野行きだが、事故のためすべて中津川止まりに変更されていた。

五十分後に中津川駅に到着。駅前で客待ちしているタクシーに乗り込む。

「みなみきそ警察署までお願いします」

篠山は運転手に事故対策本部のある警察署の名前を告げた。

「ああ、南木曽と書いて〝なぎそ〟って読むんですよ」

運転手はそう言いながら車を発進させた。

「身内の方が事故に遭われたんですか？」

篠山は早紀を気遣って曖昧に答えたが、運転手はバックミラー越しに好奇心たっぷりの視線を送ってくる。

「いや、ビックリしましたよ。あの日は非番だったもんでテレビにかじりつきました。朝になって会社に行こうとしたらパトカーやら消防車やら役場の車が凄《すご》い数で……」

「運転手さん」

篠山が低い声で制したが、運転手は喋り続けた。

「事故の関係者を何人も乗せましたよ。最初は病院までが多かったんですが、途中からは南木曽中学の体育館に送るようになりました」

「体育館？」

つい聞いてしまった。

「ええ、遺体安置所になってるんです。私も中を覗いたんですけどね……」

「少し黙っていてくれないかな」

篠山がバックミラーの中の運転手を睨《にら》んで大きな声を出した。

運転手もさすがに黙った。

窓の外に目をやると、線路が見えた。中央本線は警察署のある南木曽駅まで道路と並行して走っている。

南木曽警察署は人の出入りが多く、騒然としていた。

受付で用件を告げると、後ろで電話をしていた太った男が手を上げた。男は電話を切り上げ、巨体を揺らしてやって来た。

「電話を差し上げた生活安全課の田中です」

「生活安全課?」

生活安全課は犯罪抑止や少年絡みの事件、生活安全相談などを担当する部署だ。

「前代未聞の事故ですからね、人手が足りなくて我々も駆り出されたんですよ」

行方不明者の捜索には長野県内の各警察署に加え岐阜県警からも応援が来ており、地元の消防団、町役場の職員も総動員で当たっているという。

田中はポールハンガーからコートを取ると、「行きましょう」と早紀たちを促した。

「……体育館にですか?」早紀の声が震えた。

田中は察したのか、「ご主人の遺体が見つかったわけじゃないんです。ご主人のものと思われる所持品があるので確認していただきたいんです」

早紀は動けなかった。

「多分間違いだよ」

早紀は篠山に促され、歩き出した。

南木曽中学の体育館は警察署から五分ほどのところにあった。入口には〝行方不明者捜索本部〟の看板が立てられている。入ってすぐの衝立《ついたて》で仕切られたスペースに通された。

田中は白衣にマスク姿の係員から透明の袋を受け取り、早紀に見せた。袋に、特徴のないメタリックの名刺入れが入っている。

「指紋は検出されていません」

中身を確かめようとしたが、手が激しく震えた。

篠山が代わりに確認する。中に入っていた二十枚ほどの名刺は濡《ぬ》れて一つの塊になっていた。剝《は》がしてみると、確かに夫の名刺だった。

「間違いないです。でも、これは遺体のポケットに入っていたものじゃないんですね？」

田中は木曽川に突っ込んだ事故車両から発見されたものだと説明する。

「だとしたら、私たちは病院に行ったほうがよくないですか？」

「入院されている方たちの身元は全員判っています。こちらに身元が判らないご遺体が二体ありまして、それを確認していただきたいんです」

田中が体育館の中に二人を誘導しようとした時、外で車の音がした。

「新たなご遺体が到着したんでしょう」田中は事務的な口調で言い、仕切りを出ていった。

篠山が「早紀ちゃん」と呟いたが、言葉が続かなかった。

田中が戻ってきた。さっきより神妙な表情だ。早紀に話しかけようとしたが、ためらい、篠山に目をやった。早紀を傷つけまいと言葉を探しているのだろう。

篠山はただ黙って田中を見た。田中は観念した様子で話し始めた。

「これ、今運ばれてきたご遺体のジャケットの内ポケットに入っていました」

田中が差し出したのは黒い財布だった。

……見覚えがあった。

察した篠山が受け取った。中には四万円あまりの現金、クレジットカード、健康保険証、運転免許証……。

「……あいつのです」

早紀は叫びそうになって、慌てて口を押さえた。

「……そうですか。ご遺体を確認していただけますか？」

田中が巨体に似つかわしくない小さな声で言った。

体育館のフロアは三つのエリアに分かれていた。運ばれてきた遺体はまず一時エリアに置かれ、行政検視が行われる。身元が判明した遺体と判明しなかった遺体は別々のエリアに運ばれ、安置されている。

どのエリアにも遺体の確認に来た関係者、医療従事者が多数いたが、ゾッとするほど静かだ。誰もが声を落とし、遺体の眠りを邪魔しないようにしている。

案内された一時エリアには三体の遺体があった。二つは簡素な棺《ひつぎ》に入れられていたが、運ばれてきたばかりの遺体はブルーシートに包まれていた。

「ご遺体の損傷がひどいそうで、ご友人に確認していただきましょう」

田中が気遣ってくれたが、自分で確認したかった。

係員がブルーシートをめくった。

遺体はまだ濡れていた。靴は片方脱げ、紺のスラックスは泥まみれ、茶のジャケットはところどころ破れ、シャツは引きちぎられたように裂けている。

顔を見る勇気がない。夫かどうか確認するため、遺体のジャケットをめくった。

そこに証拠があった。縫い付けられた名前。

夫のジャケットを着た別人であって欲しい。祈るような気持ちで顔を見た。左半分が陥没し、右半分も肉が剝き出しになっていた。覚悟はしていたが、あまりに変わり果てた姿に思わず目を逸《そ》らした。

「……間違いないです」

早紀ではなく、篠山が田中に告げた。

「ご愁傷様です」

田中が神妙な顔で頭を下げ、篠山が早紀の肩を抱いて出口に向かおうとした。

早紀は篠山の手を払うと、遺体の腕を摑んで、引き起こそうとした。

「早紀ちゃん！」

「左肘を見たいの」

「ああ、そうか」

夫は大学時代に酔って自転車に乗り、カーブを曲がりきれずに転倒したことがある。篠山と一緒の時だ。夫の左肘にはアスファルトでこすってできた傷が残っている。医者に行かずに消毒薬を塗っただけなので引《ひ》き攣《つ》れが残ってしまったのだ。

「その傷があれば、夫です」

果たして、血がこびりついた左肘に引き攣れがあった。

全身の力が抜け、その場に座り込んだ。それでも信じたくなかった。

「……死因は？」

篠山と係員の会話が遠くに聞こえる。

「内臓破裂も見られますが、列車内に流れ込んだ泥が気管に詰まったものと思われます。解剖されますか？」

「司法解剖されるものだと思ってました」

「事故で亡くなったのは明らかなのでしません。ご希望であれば病理解剖することは可能です」

篠山が困惑して早紀を見た。

「……これ以上夫の体を傷つけないで下さい」

「判りました。もろもろ手続きが必要でして……ご友人の方でも構いません」

「俺がやるよ、早紀ちゃん」

その時、体育館の静寂を打ち壊すように慌ただしい足音が響いた。

男が警官に制止されながら入ってきた。

「ひとみ！　どこだ、ひとみ！」

男は警官を突き飛ばすと、体育館内を見回し、早紀たちのほうへやってきた。

目が血走っていた。尋常ではない。

篠山が早紀を庇って立ち、男を見据《みす》えた。

男は早紀たちには目もくれず、係員が閉じたブルーシートを開けようとした。

「やめて！」

叫んだが、男はやめなかった。

夫の顔が露《あら》わになる。男は怯んだが一瞬にして興味を失い、隣の棺を開けようとした。

警官と巨体の田中が飛びかかり、床に押さえつけた。

男はそれでも抵抗し、「ひとみはどこだ！」と、叫び続けた。

事故で行方不明になった妻を探しているのだろう。早紀は男の傍若無人さに怒りを覚えたが、同時に哀れみも感じた。

第二章

1

南木曽の遺体安置所で親友の亡骸《なきがら》と対面した。顔が潰れていたが、あいつに間違いなかった。

早紀を中津川のホテルに送り、彼女のかわりに必要な手続きをする。大きな問題は葬儀をどうするかだった。施設にいる信夫《のぶお》の母親のことを考えると中津川で行うのがいいのだろう。しかし、母親は高齢で認知症なので参列できないかもしれない。どうしたものか。

念のために信夫の会社に連絡を入れると、東京での葬儀を望み、手続きや遺体の移送など一切を引き受けてくれることになった。もちろん費用も負担するという。信夫はそれだけ会社にとって重要な存在だったということだろう。

客室のドアをノックすると早紀が紙のように白い顔を覗かせた。

「大丈夫？」

「……ええ」

声に力がない。立っているのがやっとのようだった。

「今日はこっちに泊まったほうがいいね」

「でも、ラパンが……」

夫が亡くなったのに働くつもりだったのか……。いや、混乱しているだけだ。

「俺から連絡を入れとくよ。何か食べる？」

「いらない」

それでも篠山はコンビニで飲み物や軽食を買ってきたが、早紀は手をつけなかった。

「少しでも食べたほうがいい。体が持たないよ」

「ありがとう、篠山くん」

早紀には大学の時からそう呼ばれている。

早紀に初めて会ったのは二十二年前。あの日のことは今でも鮮明に覚えている。

入学ガイダンスを受けるために教室に入った時、一人の女性にスポットライトが当たっているように見えた。

白いセーターに赤いチェックのスカート、ベレー帽。篠山が育った四国の田舎《いなか》ではベレー帽を被った女性など見たことがない。茶色がかった細い髪、色白で面長、涼やかな瞳に涙袋《なみだぶくろ》が女性らしさを強調していた。

それが早紀だった。

早紀の斜め後ろの席に陣取り、ガイダンス中ずっと彼女を見つめていた。

不意に早紀が振り返り、目が合った。慌てて逸らしたが、しばらく睨まれているような気がした。

ガイダンスが終わり、そそくさと教室を出ようとすると、「ちょっと」と呼び止められた。

心臓が破裂しそうだった。

早紀は行手を塞《ふさ》ぐように前に回り込んできた。

「どこかで会ったことある?」

黙って首を振った。

「だって、私のこと見てたじゃない」

「……女優じゃないかと思ったから」

早紀は目を丸くして笑いだした。

「そ、そうなんでしょ」ちょっとムキになった。

「冗談やめてよ!」

早紀は篠山の胸を小突いた。

「それとも、ナンパ?」

「ち、違うって。本当にそう思ったんだから!」

真顔で抗議したが、早紀はますます笑った。

「そんなにおかしい?」

「おかしいよぉ」

笑う早紀を見ているうちに、彼女が自分に好意を持っているように思えてきた。じゃなければ俺なんかに話しかけるはずがない。チャンスは逃したくなかった。一か八か、お茶に誘った。早紀は拍子抜けするほどあっさりOKした。

学食のカフェテリアは新入生たちでごった返し、カウンター席しか空いてなかった。そのほうがよかった。向かい合うには眩しすぎた。隣り合って座り、横顔を盗み見しながら話した。

早紀は高校時代に演劇部に入っていたという。

「やっぱり女優じゃん」

「舞台に立ったのは一度だけ。演劇部も友だちに誘われて断れなくて入ったの。一度で懲りて小道具作ったり制作をやってた。その時にシェイクスピアに興味が湧いてこの大学を選んだの」

英米文学科にはシェイクスピアの翻訳で知られる松島《まつしま》教授がいる。早紀はゼミを取るつもりだと言った。

「わ、奇遇だなあ。俺もそうなんだ」

咄嗟に答えた。シェイクスピアには全く興味はなかったが。

信夫とも松島教授のゼミで会った。第一印象はよくなかった。シェイクスピアに関する知識をひけらかすいけ好かないヤツだった。

親しくなったのは、同じコンビニでバイトしていることが判ってからだ。たまたまシフトが重なった時、信夫は詰まったトイレ相手に汗だくになっていた。篠山は適当にサボっていたが、信夫は気づいても何も言わずに篠山の分まで働いた。本気でいい奴じゃないか。篠山も真面目《まじめ》に働くようになった。気がつくと仲良くなっていた。

早紀は「相性ピッタリ。結ばれる運命かもよ」と、二人をからかった。

いつのまにかゼミ以外でも三人で行動するようになっていた。シェイクスピア劇を観たり、勉強会を開いたり、ディズニーランドに遊びに行ったりもした。

週末は名画座でオールナイト。終わって二十四時間営業のファストフード店で語り合う。信夫は口数が少なかったが、篠山にない視点で映画を観ていて驚かされることが多かった。明け方になるとみんな睡魔に襲われたが、帰りたくなくてコーヒーをがぶ飲みする。話がループし、言いたい言葉が出てこなくなり、誰かが寝落ちすると、それが解散の合図になった。

信夫が早紀を好きなことはすぐに判った。信夫より先に告白しようと思ったが、早紀は篠山のことも信夫のことも友だちとしてしか見ていないようだった。先走っても玉砕《ぎょくさい》するだけだ。そうなれば友だちとしても会えなくなるだろう。だったらこのままのほうがいい。

信夫に打ち明けると、あいつも同じ気持ちだった。

「卒業まで早紀には手を出さない」

「絶対だぞ」

二人は紳士協定を結んだ。

一年生の間はお互いに約束を守り、単独で早紀を誘うことはしなかった。誘ったとしても早紀は応えなかっただろう。早紀は二人と同じ距離を保とうとしているようだった。

それでも好きの度合いには差があるはずだ。信夫より自分のことを好きに違いない。篠山はそう思っていた。信夫もそう思っているに違いなかったが、二人とも確かめる勇気はなかった。

「シェイクスピアって楽屋オチが好きだよね？」

篠山は確信を持って言ったが、信夫も早紀も首を傾《かし》げた。

上演の機会が少ない『お気に召すまま』を観た帰りだった。劇場脇の小さな公園で、三人は缶ビールを飲んだ。

「『この世は舞台、人はみな役者だ』って台詞があっただろ？」

「えーと、二幕七場だね」信夫は戯曲本をめくった。「正しくは『この世界はすべてこれ一つの舞台、人間は男女を問わずすべてこれ役者にすぎぬ、それぞれ舞台に登場してはまた退場していく』」

「そう、それに『リア王』にも『人間、生まれてくるときに泣くのはな、この阿呆《あほう》どもの舞台に引き出されたのが悲しいからだ』なんて台詞もあった」

「それ、楽屋オチって言わないんじゃない？」

早紀が突っ込んだ。

「『ヴェニスの商人』にもあったよ。『世間は世間、つまり舞台だ、人はだれでも一役演じなければならぬ』っていう台詞」

「『マクベス』にもね。『人生は歩きまわる影法師、あわれな役者だ、出場が終われば消えてしまう』……シェイクスピアは芝居＝人生そのものって考えてたんじゃないかな」

信夫がしたり顔で言った。篠山が茶化《ちゃか》そうとしたが、その前に早紀が信夫に同意した。

「人生は誰かに操られてるんだよね。『マクベス』は魔女三人に……」

「その魔女たちもシェイクスピアに操られてるわけだ」何とか口を挟んだ。

「だとしたら『出場が終われば消えてしまう』って台詞、役者がシェイクスピアに愚痴ってるみたいで笑える」

「……俺たちの脚本は誰が書いてるんだろ」信夫が呟いた。

「え？　俺たち役者ってこと？」

篠山はおどけてみせたが、信夫は真顔で頷いた。

「俺たちも歩きまわる影法師、あわれな役者なんだよ。俺たちがいつ誰とどこに行って何を話すか、誰と結婚して子供が何人できるかまで、脚本はできてるんだ」

「ここで話してることも脚本に書かれていて、私たちは台詞を読んでるだけ？」

「ああ。ラストシーンも決まっているんだ、きっと」

「どうやって死ぬかってこと？」

「ああ、老衰か病死か事故死か」

「どれもヤダ！」

「ハッピーエンドかバッドエンドか。俺たちは知らずに生きてる」

冗談じゃない、と篠山は思った。缶ビールが空になった。

「なあ、二人とも神様ってヤツを信じてるの？」

「神かどうかは判らない。運命と言い換えてもいいのかもしれない」

「俺は信じないよ。他人に自分の人生決められてたまるかよ。俺の人生の脚本は俺が書く」

「だから自分で書いたと勘違いさせられるんだよ。で、最後の最後にマクベスのように裏切られるんだ」

「だとしても俺は抗《あらが》ってやる」

話しながら三人の運命を考えていた。早紀と付き合うのはどっちか？　まさか二人とも振られてしまう？

運命には身を任せない。絶対早紀と付き合う。

篠山は信夫の缶ビールを奪うと一気に飲み干した。

2

翌日、信夫の遺体の搬送などは会社の人間に任せ、早紀と東京に戻る。

早紀は行きと同じように車窓を流れる風景を眺めているが、きっと何も見えていないだろう。

篠山は声をかけずに早紀の横顔を見ていた。

早紀は今も魅力的だ。年齢を重ね、小皺《こじわ》が増えたが、それさえも美しく思える。

信夫と抜け駆けしない約束をしたが、早紀に好かれたかった。

二年生の時だった。小説家になると宣言した。

「芥川《あくたがわ》賞？　直木《なおき》賞？　どっちを狙うの？」

早紀が目をキラキラさせた。

「両方！」

歓心を買うのが目的だ。話は大きいほうがいい。信夫は冷笑したが、早紀は頑張って！と言ってくれた。

早紀の期待に応えようと本気になった。落とせない授業以外はアパートに籠もり、習作を書き続けた。早紀に「凄い！」と言って欲しかった。信夫に早紀を取られたくなかった。

半年かけて自分の故郷を舞台にした長編を書き上げ、文芸雑誌の新人賞に応募した。

大賞受賞の知らせが来たのは、三年生になってからだった。

「篠山くん、やったね！」

掲載誌を見せると信夫が歓声を上げ、早紀がハイタッチしてきた。勢いに任せて早紀をハグした。なんて柔らかいんだ。

だが、早紀の体が強張《こわば》るのが判った。

篠山は慌てて離れたが、彼女はなんとも言えない表情になった。

嫌われた？

その夜、アパートで早紀の感触を思い出しているとドアにノックがあった。

「篠山くん、いる？」

早紀の声だった。

「ちょ、ちょっと待って」

ドアを開けると、早紀が立っていた。「お祝いしよ！　料理作ってきたよ」と、笑顔でピクニックバスケットを抱えて部屋に入ってきた。

信夫、許せ。早紀のほうから来たんだから約束を破ったことにはならないよな。

ほくそ笑みながらドアを閉めようとした時、足が差し込まれた。

信夫だった。

「おいおい、早紀ちゃんだけだと思ったか？　残念でしたー」

にやけた顔に殺意を抱いた。

信夫は持参した一升瓶を開け、早紀はバスケットから卵焼きや唐揚げを取り出して狭いテーブルに並べ始めた。

「早紀ちゃんの手作り⁉」

篠山より先に信夫がつまみ食いをした。

どこまでも神経を逆撫でしてくれる。

飲むしかなかった。信夫の高い酒をガブ飲みした。

気がつくと朝だった。頭が痛い。瞼《まぶた》が開かない。飲みすぎた。酔いに任せて早紀に告白しようとしたが、寸前で思い留《とど》まった。……はずだ。ムカつく信夫と口を利いた覚えはなかったが、いつの間にかじゃれ合ってキスまでした。……ような気がする。無理矢理目を開けると、天井がぐるぐる回った。ベッドではなく畳の上で寝ているようだ。早紀たちはいつ帰ったのか。記憶がない。まさか二人で帰った⁉

起き上がろうとして、ドキリとなった。隣に早紀が寝ていた。夢じゃない。早紀は微《かす》かに寝息を立てている。

信夫はいない……と思ったが、図々《ずうずう》しくベッドで寝ていた。頭に来たが、信夫は熟睡している。目の前に早紀の唇がある。無視できるわけがない。

吸い寄せられ、唇と唇がもう少しで触れようとした時、信夫が不意に起き上がり、口を押さえてトイレに駆け込んだ。ご丁寧に篠山の足を踏んで。「痛テ！」思わず声が出た。

早紀が目を覚ました。

「お早う」。早紀の屈託のない笑顔が眩しかった。

数日後、三人で芝居を観る約束をしていたが、風邪を引いて行けなかった。

その翌日早紀は大学を休み、信夫はどこかよそよそしい態度だった。

嫌な予感がした。

「まさか紳士協定破ってないだろうな」

「バカ言うな。昨日は俺も調子悪かったから、芝居が終わってすぐに帰ったさ」

早紀にも確かめたかったが、早紀は翌日もその翌日も大学を休んだ。

篠山は早紀のアパートに行ってみた。明かりが点いていたのでノックをしたが反応がない。

「早紀ちゃん」と、声をかけても返事はなかった。明かりを点けたまま出かけたのか？

篠山はしばらく待ったが、諦めて帰った。

深夜二時、ドアにノックがあった。

こんな夜中に誰が？　戸惑っていると、消え入りそうな早紀の声がした。

「……私」

篠山は慌ててドアを開けた。

「どうしたの？」

早紀は思い詰めた様子で部屋に入ってくるとベッドに腰掛けた。廊下を確認したが、信夫はいなかった。

早紀は俯《うつむ》いてじっと畳を見ている。

「……何か飲む？」

早紀は篠山を見ずに頷いた。

冷蔵庫に一本だけ入っていた缶コーヒーを渡すと、早紀は一口飲んで話し始めた。

たわいない話。わざわざ深夜にやってきてするような話じゃなかった。早紀が来た目的は別にあると確信した。

深夜、ベッドのある部屋で早紀と二人っきり。

押し倒せ。彼女もそれを望んでるんだ。

勇気がなかった。今の篠山なら躊躇《ちゅうちょ》なく押し倒し、拒否されたら「冗談冗談」と笑って誤魔化《ごまか》す。だが、この時は童貞でそんな芸当はできなかった。

どういう話の流れだったのか、早紀は急に泣き出し、「ごめん」と言い残して出ていってしまった。

どうしていいか判らなかった。この時追いかけていれば、人生脚本の展開は変わっていたんだ。

翌日、早紀は大学に来なかった。前夜のことは二人だけの秘密にするつもりだったが、信夫にぶちまけたい気持ちもあった。ところが、信夫も大学を休んだ。

その意味が判ったのは次の日だった。

「……俺、早紀と付き合い始めた」

何を言っているのか判らなかった。信夫はもう一度同じことを言った。

「マジかよ」

「ああ」

「紳士協定はどうしたんだよ」

「俺はお前を裏切ってない。彼女がうちに来たんだ、一昨日《おととい》の夜」

早紀はあの後《あと》信夫のところに行ったのか。

「彼女、部屋に入るといきなり言ったんだ。『友だちをやめたい』って。意味が判らなくて戸惑っていたら、キスされた」

「彼女からしてきたのか」

「ああ」

「……お前はどうしたんだ」

「………」

「キスされてどうしたんだ」

「………」

「……早紀ちゃん、泊まったのか？」

信夫は答えなかった。それが答えだった。

一昨日、篠山は早紀が戻ってくると思っていた。だが、空が白んでもドアがノックされることはなかった。篠山はベッドに微かに残る早紀の匂いを嗅ぎながら自慰をした。

その頃、早紀は信夫と……。

絡み合う二人を想像して頭に血が上った。と同時に敗北感に打ちひしがれた。

「そうか、早紀ちゃんからじゃしかたないな」

明るく言ったつもりだが、声が震えた。だが、信夫は気がつかなかった。ホッとした顔で「俺たち、これからも親友だよな」と言った。自分が頷いたかどうか覚えていない。

この時、正直な気持ちをぶつけていたら……。

ゼミの教室に行くと早紀がいた。

早紀は二人を見て笑顔になった。いや、早紀は信夫しか見ていなかった。

「なんだよ、言ってくれればよかったのに。おめでとう！　似合いのカップルだよ」

信夫の背中をどやしながらテンション高めに言った。

「ごめんね、篠山くん」早紀の声は弾んでいた。

嫉妬した。謝られて余計に惨めになった。

見返してやる。文学賞を獲《と》って早紀に後悔させてやる。だが、その日から一行も書けなくなってしまった。それでもパソコンに向かい、足掻《あが》いた。

〝早紀〟と無意識に打っていた。

早紀を主人公にすれば書けそうな気がした。何も考えずに、指に任せてキーボードを打った。早紀に抱いている感情が文字になっていく。やがてストーリーらしきものが見えてきた。

早紀は何者かに拉致《らち》され、窓のない地下室に監禁される。覆面をした男が現れ、早紀を犯す。何日も犯し続ける。

なんだ、これは。自分でも呆れるほど陳腐なエロ小説だ。

それでも書き続けた。誰にも見せられない小説。自分一人で楽しむ小説。そう思っていたが、書き上げると誰かに読んで欲しくなった。本当は早紀に読ませたかった。どんな顔で自分が陵辱《りょうじょく》される小説を読むのか、見てみたい。だが、軽蔑されたくなかった。

エロ小説を出している出版社を調べ、原稿を送った。するとまさかの採用。女名前のほうが売れると言われ、〝早紀〟というペンネームをつけた。エロ専門の書店に平積みされたが、嬉しいという感情は湧かなかった。出版社から二冊目を書けと言われたが、断った。自分ではなく信夫を選んだ早紀を後悔させるには、やはり文学賞を獲るしかない。悶々《もんもん》としながら書き続けた。

就職活動の時期になったが、就職せずにバイトをしながら小説を書くことにした。信夫に会社勤めしながら書けばいいと言われたが、意地もあった。

卒業を機に早紀と信夫は別れた。早紀が家庭の事情で関西の企業に就職したためだった。早紀と付き合うチャンスだと思ったが、離れていてはどうにもできない。小説で名を揚げてからが勝負だ。

それからいくつもの文学賞に原稿を送ったが、どれ一つとして最終選考に残らなかった。あの受賞はフロックだったのか……。生活のために就職も考えたが、書くことにこだわりたかった。出版社に勤める大学の先輩に頼み込み、ライターの仕事を回してもらった。

大学を卒業して五年後、一通の封書が届いた。差出人に信夫と早紀の名前が並んでいた。結婚披露宴の招待状。寝耳に水だった。二人が縒りを戻していたことすら知らなかった。

信夫は社内で順調に出世し、早紀と結婚する。俺はいつまで経ってもしがないライター。どうしてこんなに差がついてしまったんだ。こんな脚本じゃないはずだ、俺の人生は！

篠山は歯噛みした。

それでも二人の結婚式に参列した。現実を受け入れるために。学生時代の苦い思い出にはいつしかかさぶたができ、二人とは以前のようなつきあいが復活した。

3

和歌山刑務所、四回目の面会。

「久しぶり」

芳恵は篠山の顔を見ると子供のように無邪気に笑った。

「……三ヶ月ぶりですね」

篠山も微笑を浮かべて答えたが、腸《はらわた》は煮えくり返っていた。この三ヶ月に四回、無駄足を踏まされた。前回夫を殺した動機に図星を指したことへの意趣返しに違いなかった。篠山は取材を重ね、自分の推理が正しいことを確信した。芳恵は、自分が思い描いた人生を狂わせた夫を恨んで殺したのだ。

芳恵は裁判でも動機を隠した。子供が欲しくて不妊治療をしていたが裏切られた。そう証言すれば、裁判員は彼女に同情して量刑が軽くなったはずだ。

それをしなかったのはなぜか。彼女は、人生の脚本を書き換えたのだ。

担当弁護士によると、彼女は自分の事件がどのように、どれくらいの量報道されているのか、ずっと気にしているという。市井の人間が日本中の注目を浴びる機会は滅多にない。小さな幸せを壊されて夫を殺した彼女は、注目されることに快感を覚え、動機を謎にしているのだ。

芳恵は法廷で遺体を解体した手順を詳細に描写した。残虐性を強調することで死刑判決を受けたかったのかもしれない。そうすればもっと注目される。

日本には死刑を適用する際の判断基準がある。一九六八年から六九年にかけて起きた連続四人射殺事件の被告・永山則夫《ながやまのりお》への最高裁判決で示されたもので、永山基準と呼ばれている。

死刑の適用は慎重に行わなければならないとし、犯行の罪質、動機、態様ごとに殺害の手段方法の執拗性・残虐性、結果の重大性ことに殺害された被害者の数、遺族の被害感情、社会的影響、犯人の年齢、前科、犯行後の情状等各般の情状を併せ考察したとき、その罪責が誠に重大であって、罪刑の均衡の見地からも一般予防の見地からも極刑がやむをえないと認められる場合には、死刑の選択も許される——とした。

芳恵の場合は永山基準には当てはまらないが、二〇〇七年の名古屋闇サイト殺人事件では、被害者が一人だったが死刑判決が出ており（三人の被告人のうち一人は無期懲役）、芳恵が極刑に処される可能性がないわけではない。

芳恵は他のジャーナリストの取材も受けていた。まだまとまった記事は出ていないが、伝え聞くところによると篠山に語ったのとは全く別の話をしている。矛盾した記事が出ればどちらが本当なのか、更に世間の注目が集まる。それが快感なのだ。

「忙しかったの？」

声も仕草も媚《こび》を含んでいる。

「色々ありましてね」

「話してよ」

芳恵は前回「あなたも人を殺すわよ」と呪詛《じゅそ》の言葉を投げつけて面会を打ち切った。思い出すたびに不愉快になる。メシの種でなければ絶対に関わりたくない人間だ。だが我慢して話を引き出さねば。

「親友が死んだんです」

ぶっきらぼうな言い方をしてしまう自分はまだまだだと思う。ところが、芳恵はとんでもない言葉を返してきた。

「あなたが殺したんじゃないの？」

もともと人間の顔は非対称だが、芳恵の顔は極端に歪んで醜く見えた。

芳恵は篠山の絶句する様子を、上目遣いで覗き込んだ。

「やっぱりそうなんだ」

席を蹴りたくなった。

俺が、あいつを殺すだと！


東京に移送された信夫の遺体は、白木の棺に納まり祭壇に安置されていた。

通夜と葬儀・告別式の準備は思いのほか大変だった。信夫の会社の仕切りとはいえ、遺影に使う写真を選んだり、親類縁者への連絡など早紀にしかできないことをサポートした。

そして、通夜。篠山がやるべきことは、あの女の参列を阻止することだった。

あの女。健太が亡くなった夜、信夫と一緒に福岡にいた星野という女。早紀の心をかき乱すことは許さない。

あの夜、ラパンで食事をして別れたばかりの早紀から電話があった。震える声で話を聞いて欲しいと言った。知り合いばかりのラパンでは話しづらいだろうと、近くのバーで早紀を待った。

やってきた早紀はいきなり声を殺して泣き出した。昔だったら信夫に憤慨していただろう。俺から早紀を奪っておいて浮気するとは何事だ！　と。だが、この歳《とし》になると判る。死ぬほど惚《ほ》れ抜いた女と結婚しても男は浮気するものだ。

信夫は否定したようだが、浮気は間違いないだろう。確かめて本当だったら説教する、土下座させると約束すると、早紀は納得して帰っていった。

会話を反芻《はんすう》した。早紀が本当に納得したのか不安になり、後を追った。

夜の街を歩く早紀はそのまま溶けて消えてしまいそうだった。

早紀はサウナに泊まり、信夫が確実にいない時間にマンションに戻った。胸騒ぎがしてしつこくチャイムを鳴らした。

手首を切った早紀を病院に連れていき、信夫に電話した。

翌日、会社帰りの信夫に会った。昨夜早紀は離婚したいと言ったが、信夫は承知しなかったという。

「俺は浮気していない。篠山、誤解を解いてくれ」

「星野はどういう女なんだ」

「入社三年目でうちの部に配属された。人事には男を回してくれと頼んでいたのだが、彼女が来た」

「どうして男を希望したんだ」

「女性が仕事の能力が劣っているとは思わない、いや、むしろ優秀なんだが、気を遣うのに疲れたんだ」

「セクハラ、パワハラの危険性か」

「ああ。去年女性の部下が俺にパワハラされたと会社に訴えた。厳しく調べられ、俺の無実が証明され、彼女は会社をやめた。もうトラブルは御免だ。女性は面倒だ。ところが、星野が配属された」

「元々お前に好意を持っていたのか？」

「判らん。プロジェクトの打ち上げでみんなでカラオケに行った。乞《こ》われてデュエットした。翌日からハートマークのついたメールが来るようになった」

信夫はタクシーの中で不意にキスされた話もした。

「部下はどんなにいい女でも女としては見られない。それに、何もなくてもそんなことをする女だぞ。篠山、手を出すか？」

地雷女。数年前に流行《はや》った言葉を思い出した。信夫はシロだ。

星野は現れなかった。

葬儀を終え、信夫の棺は火葬場に運ばれた。火葬炉の前で僧侶が読経《どきょう》し、喪主の早紀、続いて篠山たちが焼香した。

棺はレールの上を滑り、火葬炉に吸い込まれていった。

「一時間半ほどかかります。お部屋をご用意していますので、そちらでお待ち下さい」

葬儀社の人間が神妙な顔で言い、参列者を案内してゆく。

早紀はじっと火葬炉を見つめていた。

「早紀ちゃん」声をかけても、早紀は動かなかった。

喪服が早紀の項《うなじ》の白さを強調していた。

早紀が振り返った。先程まで気丈《きじょう》に振る舞っていたが、その頬は涙で濡れていた。

「……みんな、消えてしまうのね」

早紀はそう言って体を寄せてきた。篠山は早紀を抱きしめた。早紀はあの時と違って体を硬直させることはなかった。

健太の死の悲しみは早紀と信夫のものだったが、信夫の死は早紀と自分の二人だけのものだ。


芳恵は下卑《げび》た笑いを浮かべていた。

「ふうん、その奥さんのこと、好きなんだ」

「何を言ってるんですか」

「図星って顔に書いてある」

顔、言葉、態度、芳恵のすべてが神経を逆撫《さかな》でしてくれる。

ああ、早紀のことが好きだ。だが、次の一言は許せなかった。

「お友だち、死んでくれてよかったじゃない」

芳恵は両手の親指と人差し指で輪を作って両目に当て、双眼鏡で覗くような仕草をした。

お前の心の中はお見通しとでも言うように。

我慢も限界だった。握りしめた拳でアクリル板を殴ろうとした時、刑務官が面会時間の終了を告げた。

芳恵は篠山に一瞥《いちべつ》をくれると、スキップをするように面会室を出ていった。

特急くろしおに乗り込むとすぐに缶ビールを開けた。飲まずにいられなかった。いったい和歌山くんだりまで何しに行ったのか。収穫はなく、心をかき乱されただけじゃないか。

新大阪駅は人で溢れていた。東海道新幹線のダイヤが乱れている。静岡から東京にかけての降雪が原因だった。真冬に米原《まいばら》付近の積雪で遅れることはよくあるが、東京に雪が降るのは冬が終わりに近づいた証拠でもある。

東京までどれぐらいかかるのか。後ろに予定を入れなくてよかった。いや、入れる予定や仕事がなかった。たまに依頼があっても、拘束時間に見合わないギャラの仕事ばかり。それでも今後の付き合いに期待して引き受けるが、仕事が繋がっていかない。ここで大きな仕事をしないと今年中に貯金が底をついてしまう。やはり芳恵のルポをなんとか形にしなければならない。

芳恵は篠山を挑発して楽しんでいるのだ。判っているのに、乗ってしまった。次回は冷静に対応しなければ。

4

一時間半遅れで東京駅に着いた。二十一時を回っていた。一旦自宅に戻るつもりだったが、ラパンに直行しよう。車内で弁当を買いそびれ、腹が減っていた。

タクシー乗り場には長蛇の列ができていた。雪は一センチほど積もっていて、降り方も激しい。このままだと電車が止まる可能性がある。早めに辿《たど》り着いておかなければ。篠山はタクシーを諦め、地下鉄の駅に向かった。

「こんばんは」

ラパンに着くと、早紀の笑顔が出迎えてくれた。

早紀は信夫が死んでしばらく自宅に引き籠もっていた。篠山は自殺を心配して時々家を訪ね、話し相手になった。外出できるようになったのは一ヶ月ほど経ってからだった。それから更に一ヶ月が経ち、早紀はラパンに復帰した。笹森たちと一緒に働くことで徐々に元気を取り戻していった。

「予約してないけど、大丈夫？」

店内はガラガラだったが聞いてみた。

「すみません、今夜は満席なんです」

もちろん冗談だ。コートを預けると、四人がけの席に案内してくれた。

「雪、かなり降ってるね」

早紀に話しかけると根岸が割り込んできた。

「明日の朝までに十センチ積もるそうですよ。今日営業終わったら雪かきしとこうかな」

そう言いながらシャンパンをグラスに注いだ。

「頼んでないよ」

「空けちゃって下さい」

「まさか雪かきを手伝えって？」

「バレました？」

ラパンの温かな雰囲気に癒やされる。

「根岸くんも飲めば？」

「いやー、飲むと雪かきが面倒臭くなっちゃうんで」

「早紀ちゃん、飲まない？」

早紀が遠慮していると厨房から笹森が顔を覗かせた。

「早紀ちゃん、お客さんいないから上がっていいよ」

「じゃあ決まりだ」

早紀は申し訳なさそうに席についた。

早紀と楽しく食事をしたいが、時折芳恵の顔がフラッシュバックして落ち着かない。

井上がメインディッシュのカスレを運んできた。カスレはフランス南西部の名物料理で、白インゲン豆とソーセージや豚肉、羊肉などを煮込み、オーブンで焼く。フォアグラの名産地トゥールーズではガチョウのコンフィを入れるが、ラパンでは日本人にも馴染《なじ》みのある鴨のコンフィを使っている。

サーブしようとする早紀を制し、土鍋の中で熱々のコンフィをほぐして他の肉や豆と一緒に皿に取り分けた。

「心も体も温まるなぁ」

しみじみと旨いと感じ、声が漏れた。

「心も、って……辛《つら》いことがあったの？」

「ん、まあ仕事のことだから愚痴ってもしかたがない」

「愚痴ぐらい聞くのに。いつも助けてもらってるから」

「ありがとう」

芳恵に言われたことを話したら、早紀はどう反応するだろうか。興味深いが悪趣味だと思い直した。

デザートはラパン定番のタルト・タタンにした。雪は本降りになっている。明日の首都圏の交通網は始発から乱れるだろう。関係ないか。明日も出かける予定はない。

「今日のタルト・タタン、どうでした？」

食後のエスプレッソを飲んでいると、佳奈が厨房から出てきた。

「どうって？　美味しかったよ」

「いつもと同じように？」

「ああ」

「同じだったらいいんです」と、佳奈はニコニコしている。

「よかったね、佳奈ちゃん」と、早紀が言った。

「今日のタルト・タタン、私が焼いたんです」

「へー、そうか。そう言えばいつもより美味しかったな」

「ですって、シェフ！」佳奈が厨房の笹森に向かって嬉しそうに言った。

実際、佳奈はここ数ヶ月でかなり料理の腕を上げている。

「あれ？　雪、止《や》んでますよ」

根岸の言葉に外を見る。明け方まで降り続く予報だから束《つか》の間《ま》のことだろう。今のうちに帰ったほうがよさそうだ。

「タクシー、呼ぶ？　すぐ捕まるかどうか判らないけど」

「そうだな。早紀ちゃん送っていくよ」

根岸が配車センターに電話したが、案の定捕まらなかった。

笹森は捕まるまでいてくれて構わないと言ったが、駒沢通りに出れば拾えると思い、早紀と一緒にラパンを出た。

甘かった。駒沢通りを流しているタクシーは一台もなかった。それどころか普通の車もほとんど走っていない。

「とりあえず早紀ちゃんを送るよ。付き合わせるの悪いから」

「じゃ、うちでタクシー呼びましょう」

「そうしてもらおうかな」

横断歩道を渡ろうとしたが、早紀は動かなかった。

健太が事故に遭った交差点だった。

「……ごめんなさい」

小さく言った早紀は、雪に足を取られて転びそうになった。咄嗟に腕を摑んだ。

思い出した。昔も大雪の日にこうして歩いたことがあった。

「映画を観た帰りだったっけ？」

早紀は自信なげに言ったが、覚えていないはずはない。

映画の帰りなら信夫もいたはずだ。

「ただ雪が積もったから遊ぼうって誘った。誰もいない公園で雪合戦したんだよ、二人で」

早紀は思い出そうとしている。

「行きか帰りか忘れたけど、早紀ちゃん、俺のポケットに手を突っ込んだよね？」

早紀は「多分」と答えた。

「多分？」

「あの頃よくやってたんだ。友だちのコートのポケットに手を入れて歩くの」

「……ポケットの中で手を繋いで？」

「そう。こんなふうに」

そう言うとコートのポケットに手を突っ込んできた。手袋をした手が触れる。

その手を握る。

早紀は嫌がらなかった。

「あったかい」

「……あの時は手袋してなかったね」

「よく覚えてるね、篠山くん」

「記憶力だけはいいんだ」

早紀はポケットから手を出そうとしたが、離さなかった。

早紀は少し驚いたが、そのまま歩き続けた。

あっという間にマンションに着いてしまった。早紀は共有玄関の鍵を開け、郵便受けを覗く。篠山はホールへ行き、エレベーターのボタンを押した。

到着したエレベーターのドアが開くタイミングで、早紀が新聞と郵便物を抱えてやってきた。

エレベーターに乗ると、早紀は郵便物をチェックした。その中にA４サイズの封筒があった。

生命保険会社の文字が見えた。

「え？」思わず声が出た。

「ああ、これ。笹森さんに死亡保険金を請求したほうがいいって言われて書類を送ってもらったの」

早紀は家に入ると暖房を点け、キッチンに立った。

「いいよ、すぐに帰るから」

そう言ったが、果たしてタクシーは捕まるのか？　もし捕まらなかったら、ここに泊まるのか。信夫も、健太もいない。早紀と二人っきりだ。

それより、生命保険会社の封筒が気になった。信夫はいくら掛けていたのか。

手を伸ばしかけると、早紀がホットワインを運んできた。

「ああ、タクシー呼ばなきゃ。私、裏番号知ってるの。お客さんから教えてもらったんだ」

タクシーよりも書類を確かめたらどうか。

「話し中だ」

早紀は電話を切るとすぐにまたかけようとした。

「しばらく待ったほうがいい。とりあえず座って一息入れてよ」

「そうね」

早紀は篠山の隣に座った。

目の前のテーブルに生命保険会社の封筒がある。

「確認しなくていいの？」

さりげなく言ったが、わざとらしく聞こえたかもしれない。

早紀は封筒を開けた。

ホットワインを飲みながら早紀を窺《うかが》う。

「あれ?」

「どうしたの?」

「金額が」

早紀に渡された書類には八千万円の文字があった。

「確か三千万円だったはずなんだけど……」

「ああ、ほら、増額手続きしてる」

早紀は書類を凝視した。

「……健太が亡くなって半年後に」早紀は戸惑っている。

早紀ちゃんへの愛情だよ、という言葉を飲み込む。

早紀に言っていないことがある。信夫に星野と浮気していないか確認した時、もう一つ確かめたことがある。健太の葬儀の時に早紀の手を握りながら言った言葉。

「お前が手を離さなければ……」

「本当に言ったのか?」

「……ああ」

「お前の悲しみは判る。だが、早紀ちゃんは目の前で健太を亡くし、助けられなかったことを悔やみきれないほど悔やんでるんだぞ」

「判ってる、判ってるよ」

「だったらどうして」

「なんでお前に責められなきゃいけないんだ」

「責めて当然だろ？　早紀ちゃんのせいで健太が死んだなんて言うか⁉」

「誰がそんなことを言った」

「そういう意味だろ。お前が健太の手を離さなければ、って」

「違う。手を離さなかったら早紀まで死んでいた。そういう意味だ」

「え……」

「そうか、早紀はそう受け取ったのか」

信夫は天を仰いだ。

「今の早紀は星野のこともあって俺に不信感しか持ってない。俺が説明しても聞く耳を持たない。篠山、機会を見て誤解を解いてくれ」

「判った」と答えた。だが、篠山は誤解を解かなかった。

信夫は健太が死んだ夜に浮気をし、健太が死んだことを早紀のせいにした悪い夫でいいのだ。


「帰るよ」

篠山は立ち上がった。

「あ、タクシー呼ぶから」

「大丈夫。歩いたって大したことないし、もう流しを拾えるかもしれない」

「でも……」

微笑を残してマンションを出る。

……俺にはまだ良心が残っているのだろうか。

篠山はコートの襟を立て、再び激しく降り出した雪の中へ歩き出した。

第三章

1

いつものように健太の部屋のベッドに横になったが、目は冴《さ》えたままだ。夫が亡くなってから白ワインだけでは眠れなくなり、かかりつけの心療内科で睡眠導入剤を処方してもらった。なるべく頼りたくなかったが、薬なしでは眠れなくなってしまった。

眠れた時は必ず夢を見る。それも悪夢。夫と一緒に列車もろとも木曽川に転落する。真っ黒な水中でもがく。水面《みなも》に浮き上がろうとするが、上下が判らない。水に翻弄され、泥が喉に流れ込み、更に肺にまで押し入って窒息する。何度も何度も死ぬ。

目が覚めると、いっそ死んだほうが楽になるのにと思うが、そのたびに『ハムレット』を思い出す。「to be or not to be」で始まる『ハムレット』の第四独白の一節。

死ぬ、眠る、眠る、おそらくは夢を見る。そこだ、つまずくのは。この世のわずらいからかろうじてのがれ、永の眠りにつき、そこでどんな夢を見る？　それがあるからためらうのだ、それを思うから苦しい人生をいつまでも長びかすのだ。

死んだ人間についてはいいことしか思い出さない、というのは本当だ。笑顔の健太しか思い出さないし、夫も浮気が発覚してからほとんど口を利いていなかったが、健太と一緒に遊んでいる姿や美味しそうに手料理を食べてくれる顔ばかりが脳裏に浮かぶ。

昨夜、大学の頃を思い出した。大雪が降った日、公園で雪合戦をした。夫のポケットに手を突っ込んで歩いた。夫の手は温かかった。

篠山のことは……記憶から抜け落ちている。彼が覚えているのだからいたことは間違いないのだろう。あの頃、夫に夢中だった。目立たない存在だったけれど、ゼミ生の中で一番シェイクスピアに詳しかった。授業で第四独白を暗唱したことがあり、もしかするとあの時好きになったのかもしれない。

いつも三人で会っていたけれど、できれば二人でいたかった。夫も同じ気持ちであることは感じていた。でも、夫は必ず篠山を誘った。篠山が早紀に好意を抱いていることは早紀だけでなく夫も知っているようだった。それなのにどうして篠山を誘うのか？　男同士の友情？　早紀は理解できなかった。

それにしても生命保険を増額していたなんて。三千万円でも充分なのに、八千万円も……。

なぜ話してくれなかったのか。話してくれていたら、二人の距離は少しは縮まっていたかもしれない。

夫はもういない。永遠に聞けない。永遠に会えない。

スマホにメッセージが届いた。夫からだと思い、ドキリとなった。ありえないのに。篠山からだった。タクシーが捕まらなかったが、大雪でも営業しているスナックがあったので入った。初めての店だったが、帰宅難民同士で盛り上がり、常連に車で送ってもらったという。

早紀は「おやすみなさい」とだけ送った。すぐに返信が来たが、見なかった。

眠れぬ時間を持て余し、リビングに行ってテレビを点けた。早朝のニュースの時間。どのチャンネルも首都圏の雪の話題ばかり。

既に降雪のピークは過ぎ、午前中には止むようだ。二月下旬に十センチの積雪。この時期に東京で雪が降るのは珍しいことではない。日本海側では西高東低の冬型の気圧配置で雪が降るが、太平洋側の雪は南岸低気圧によってもたらされる。南岸低気圧が八丈島《はちじょうじま》より北を通れば雨、南側を通れば雪になりやすい。

お天気キャスターは出かける時の服装から歩き方まで、幼稚園の先生のように懇切丁寧に指南している。

早紀はいつもより早めに家を出ることにした。ラパンは大通りから一筋住宅街に入っており、しかも緩やかな坂の途中にあるため、こまめに除雪しないと転倒する危険がある。人手はあったほうがいい。

一番乗りだと思ったが、既に井上と根岸が除雪作業をしていた。

「お早うございます。すぐに着替えます」

「いいよ、早紀さんは」

「でも、三人でやったほうが早いし」

「もうすぐ佳奈も来るし、今日は予約キャンセルも多いだろうから、そちらの対応をお願いします」

「判りました」と答えて店に入ると、笹森が厨房で料理の下準備をしている。

いつもと変わらないラパンの風景に心が和んだ。

従業員控室で制服に着替える。予報通り雪は午前中にあがったが、やはり交通機関は乱れ、キャンセルの電話が何本もかかってきた。本来ならキャンセル料が発生するが、雪ではしかたがない。

「ま、のんびりやろう」笹森は開店前のミーティングでそう言った。

「ああ、それから。今日のまかないは無し。各自でテキトーにやってくれ。佳奈は俺に付き合う。いいな」

佳奈は笹森の命令口調に戸惑ったが「判りました」と答えた。

昼の営業が終わり、笹森と佳奈が店を出ていくと、井上と根岸は意味深に頷き合った。

「何かあったんですか？」

「佳奈ちゃん、うちが終わってから渋谷のキャバクラで働いてたんだ」

「ホントに？」

「俺もまさかと思いましたよ。彼女、ネグリジェみたいなドレスなんか似合いそうもないじゃないですか、コロコロと健康的で。でも、内藤《ないとう》さんが接待で行ったキャバクラにいたんだって」

内藤はラパンの常連客だ。佳奈がキャバクラで働いていたことは驚きだが、笹森に告げ口する必要はないだろうに。

「内藤さん、佳奈ちゃんを娘のように可愛《かわい》がってるでしょ？　だから悪い男に騙されるんじゃないかって心配してたんですよ。笹森さんに『佳奈ちゃんがバイトしなくていいように給料上げてやれ！』って。佳奈ちゃんにとっていい話なのか迷惑なのかは判らないですけどね」

早紀たちは外に出ずに井上が作ったあんかけうどんを食べた。夜の営業の準備をしていると、笹森と佳奈が帰ってきた。佳奈は泣いたのだろう、目が充血していたが、いつもの笑顔を作って「オムライス、美味しかった」と言った。

早紀たちは二人が何を話したのか気になったが、聞く余裕もなく夜の営業時に突入した。やはり雪のために客は少なく、二十一時には誰もいなくなった。

「振りの客ももう来ないだろ。今日は早仕舞いするか」

笹森の言葉に反対する者はいなかった。

「お先に失礼します」

帰ろうとする佳奈に笹森が声をかけた。

「今日はまっすぐに帰るんだぞ」

佳奈は「早紀さんに送ってもらいまーす」と腕を絡ませてきた。

駒沢通り沿いのファミレスは24時間営業で、この時間はいつもならカップルや一人客が多いが、今日は家族連れが目立った。雪のために夕飯の買い物に行けなかった近所の人たちなのだろう。

佳奈はドリンクバーから持ってきたコーラを一気に飲み干すと、早紀に頭を下げた。

「ごめんなさい、迷惑かけちゃって」

「私は迷惑してないよ。今日は行かなくていいの？　渋谷……」

佳奈はため息まじりに「やっぱり聞いたんですね」

「ええ」

「でも、私が働いているのはキャバクラじゃなくてガールズバーなんです」

似たようなものに思えたが、佳奈にとっては重要らしく、二つの違いを一生懸命説明してくれた。

「私、パティスリーをやりたいんです。でも、開店資金が足りなくて。渋谷より銀座や六《ろっ》本木《ぽんぎ》のほうが時給はいいけど、ノルマとか大変そうだし、なんか怖そうで」

佳奈が独立を考えているとは意外だった。

「スイーツのお店をやりたいと思ったのは中学生の時でした。高校を卒業してパティシエの専門学校に行きたかったんですが、親がお金を出してくれなくて。料理も好きだし、レストランに就職して勉強したほうが一石二鳥だな、と思いました。それで銀座のグランメゾンに入り、五年間みっちり修業させていただきました。そこのソムリエさんがラパンを紹介してくれたんです」

「そうだったの」

「笹森さんからは独立はまだ早いんじゃないかって言われましたけど、二十五歳までに自分の店を持ちたいんです」

佳奈は先月二十四歳になった。あと一年。経営の勉強もしているという。

確かに佳奈が作るデザートはどれも美味しい。ラパンのスペシャリテのタルト・タタンも任されるようになった。店を出せばきっと成功するだろう。

「私の理想のお店を作るには最低九百万円必要なんです。貯金は三百万円ありましたけど、母親の病気で吐き出してしまって……」

佳奈の母親は脳溢血《のういっけつ》で倒れ、長期入院を余儀なくされているという。初耳だった。佳奈は寝る間を惜しんで勉強し、ラパンで働きながらデザートの研究をし、終わってからはガールズバーで働き、それでも明るく振る舞っていたのだ。

「母のことは笹森さんには話していますが、井上さんや根岸さんは知りません。余計な心配かけたくないんで内緒にして下さい」

「判った」

「よかった、早紀さんに話せて。ずっと重かったんですよね、ここが」

と、自分の肩を叩いてみせた。

「お腹空《なかす》いちゃった。何か食べてもいいですか?」

「もちろん」

佳奈はチーズハンバーグセットを頼み、食欲旺盛に食べ始めた。

佳奈の人生の脚本は誰が書いているのだろう。いや、彼女は自分で書いている。夢を持ち、それを実現させようと努力している。

そうだ。人生の脚本は自分で書き換えられるのだ。健太の死、夫の死までは誰かが書いたものかもしれない。でも、これから先は私が書けばいい。

佳奈が前向きな気持ちにさせてくれた。

ところが、いざ新しい脚本を書こうとしても書けなかった。これからどんな人生を歩みたいのか。夫の死から三ヶ月も経っているのに、構想すら浮かばない。

このままでいいわけがない。

2

次の土曜日、早紀は南木曽に向かった。夫の遺体を確認して以来だった。

列車事故被害者遺族の会に出席するためだったが、直前まで迷った。記念日反応が心配だった。篠山についてきて欲しかったが、頼りすぎだと自分を戒めた。

記念日反応は杞憂《きゆう》に終わった。南木曽駅に降り立っても、会場に向かうタクシーの中から夫の遺体を確認した体育館を見ても平常心でいられたし、体調に変化はなかった。

遺族の会は古びた公民館で開かれていた。かなり広い会議室がほぼ埋まり、係員が追加の椅子を用意する必要があった。六十人以上が参加。犠牲者は四十二人なので、遺族は全員来たのだろう。

補償についてＪＲは個別交渉を望んでいたが、不利な条件を飲まされると危惧した遺族の一人が弁護士に相談、被害者遺族の会を結成した。早紀は幹事に交渉を一任していたが、遺族間の結束を固めるため、また情報共有のために集まることになったのだ。

会場は既にヒートアップしていた。代理の弁護士がＪＲとの交渉経過を報告していたが、ＪＲの主張は自然災害だから事故の責任はない、補償ではなく見舞金という形である程度の金額を出したい、というものだった。

その金額が一人五百万円と判ると、遺族からはJRを非難する声があがった。中には口汚く罵《ののし》る遺族もいた。

「冗談じゃない!」

「死んだ嫁を返せなんて言ったって無理だろ。だから金で納得させろと言ってるんだ!」

「そんな端金《はしたがね》の値打ちしかなかったのか、俺の兄貴は!」

「そうだ」「そうだ」と同調する声が飛んだ。

早紀は息苦しくなった。みんな大切な人を亡くした悲しみを怒りに変えている。判らなくはないが、金だけが目的に思えてしまう。

早紀は廊下に出て息をついた。が、すぐ近くでも怒号がした。

「どうして入れてくれないのよ! 私だって遺族なんだよ!」

五歳ぐらいの男の子を連れた痩せぎすの女性が、受付の係員に食ってかかっていた。男の子は不安そうに女性の顔を見上げている。

早紀はトイレのピクトグラムを見つけて逃げ込んだ。

化粧を直した。鏡の中の自分は三ヶ月で随分と老けてしまった。

そこへ先程の女性が入ってきた。彼女は怒りを鎮めるためかタバコを咥《くわ》えた。鏡の中で目が合った。

「ライター、持ってない？　忘れちゃったの」

「ごめんなさい、タバコを吸わないので」

「なんだ」彼女は露骨に嫌な顔をした。

「確かこの建物は禁煙ですよ」

「そうなの？　喧嘩を売ってくれるなあ」

早紀は軽く会釈してトイレを出ようとした。

「あなた、遺族なの？」

「……ええ」

「誰が死んだの？」

「夫です」

「私も。でも、遺族会には入れてもらえないの」

「どうしてですか？」会話したくないのに聞いてしまった。

「うちの旦那、死体が見つかってないんだよね。でも、捜索は打ち切られてしまった」

行方不明者の捜索は徹底的に行われたはずだ。事故現場のすぐ近くに読書《よみかき》ダム、十二キロ下流に山口ダム、二十五キロ地点に落合ダムがあり、それより下流に遺体が流れることはあり得ないとされた。

「だからって列車に乗ってなかったって決めつけるのは乱暴でしょ？　あの夜、旦那から電話があったの。いま帰ってる途中だって。まわりがうるさかったから聞いたら、列車のトイレからかけてた」

「違う列車じゃなかったんですか？」

女性は早紀を軽く睨んだ。

「サツにも同じこと言われた。でも旦那は十時半過ぎに着く特急だって言ったんだ。雨が凄くて少し遅れるかも、って。だからあの列車に間違いないんだ。でも、サツは認めない。私が強く言うと一生懸命探しますって言ったけど、翌日には捜索打ち切り。ニュースで知ってびっくりだよ。もちろん抗議したけど、無視された」

彼女の気持ちは判る。もし夫が同じ理由で探してもらえなかったら……。

「じゃあうちの旦那はどこに消えたって言うのよ」

彼女は手に持ったタバコをまた咥えたが、チッと舌打ちをして握りつぶし、トイレの床に捨てた。

彼女の振る舞いが気になったが、それ以上に気になったのは警察をサツと呼ぶことだった。

「ご主人が生きてる可能性はないんですか？」

彼女は早紀をバカにするように鼻を鳴らし、「あるわけないでしょ」と、言い切った。

「ママ」

廊下で待っていた男の子がトイレを覗き込んだ。

「ごめんごめん」

彼女は一瞬で母の顔になり、男の子を抱き上げた。

「この子、太郎《たろう》って言うの。愛する妻と子供がいるんだよ。生きてたら出てこないわけないじゃない」

……可能性として考えられるのは、事故のショックで記憶喪失になった。

「本気で言ってる？　韓国ドラマじゃあるまいし」

彼女はケラケラと笑うとトイレを出ていった。

会合に戻りたいとは思わなかったが、トイレにいる理由もない。

廊下で彼女が待っていた。

「ちょっと聞きたいんだけど……」

女性はいきなり夫のフルネームを口にした。

「彼の遺族、中にいないかな？　いたら連れてきて欲しいんだけど」

「……」

迷ったが、早紀は自分が妻だと名乗った。

「あんたが！」

女性の不躾《ぶしつけ》な視線。何故か怒りの感情も混じっている。

「どういったご用件でしょうか？」

「あんた、遺体確認した？」

「……ええ」

「確かにあんたの旦那だった？」

「……どういう意味ですか？」

「血液型やDNA、間違いなかったの？」

「……それは調べてません」

「じゃあ、顔を確認したの？」

「……潰れていてはっきりとは判らなかったんです」

「だったらどうして旦那だって言えるの」

「肘の古傷です」

「それだけ？」

女性は執拗だった。

「名前入りのジャケットを着ていました」

「内ポケットの刺繍《ししゅう》？」

「ええ」

女性が笑ったように見えた。

「私の名前、千帆《ちほ》って言うの。苗字《みようじ》はあんたと同じ」

「――」

「あんた、間違えたんだよ、うちの旦那を自分の旦那と！」

「そんなはずありません。夫の親友も確認しました」

「ううん、死んだのはうちの旦那」

「いい加減にして下さい」

不愉快だった。「失礼します」と話を断ち切って出口に向かった。千帆は追いかけてこなかった。

歩いて駅に向かう。三十分以上かかるだろうが、心を落ち着けたかった。

同じ背恰好《かっこう》、同じ傷、同じ苗字……そんなことがあるのだろうか。

もし……あの遺体が千帆の言う通りだとすれば……夫は生きていることになる。

駅に着いたが、指定席を取った列車まではたっぷりと時間がある。

義母に会おう。

最後に会ったのは夫の遺体を確認した翌日だった。篠山と訪ね、夫が亡くなったことを告げた。義母は静かに泣いた。そして夫が小さかった頃の思い出話をした。早紀たちはじっと寄り添い、涙を流した。早紀たちが帰ろうとすると、義母は篠山の手を握って「信夫、また来てね」と言った。夫の死が認知症の進行に拍車をかけたのかもしれない。

駅前に待機するタクシーに乗り込み、行き先を告げた。義母が入所している長寿苑は木曽川に臨む山間《やまあい》にある。

早紀の到着を知ると、銀髪が美しい苑長が面会場所のデイルームまできてくれた。

「お義母様《かあさま》は健康に問題はありません。認知症も特にひどくなることもなく、穏やかに過ごされています」

車椅子に乗った義母がデイルームに入ってきた。三ヶ月前に会った時より一回り以上小さくなっていた。

「早紀さん、わざわざありがとうね。レストランのお仕事大変でしょ？」

早紀は戸惑った。認知症は新しい記憶から失われていくが、義母は入所前に戻ったように明晰《めいせき》で滑舌もしっかりしていた。

「どうしていつも別々なの？　今度は信夫と一緒にいらっしゃい」

早紀はドキリとなった。

「お義母さん、最近信夫さんが来たんですか？」

「いけない。早紀さんには内緒だって言われてたんだ。私から聞いたって言わないでね」

「ね、お義母さん、信夫さんはいつ来ましたか？」

義母は急に怯《おび》えたように首を振った。

介護士が早紀に目配せをする。思い出せないことや記憶違いを指摘するのは避けたほうがいいのだ。でも、確かめずにはいられない。

千帆のせいだ。あの遺体が千帆の夫なら、夫は生きている。生きて、ここに来ていたのかもしれないのだ。

「お義母さん！」

義母は震え出した。

介護士が義母をデイルームから連れ出した。苑長は穏やかに早紀をたしなめた。

「あなたがお辛いことは判ります。でも、お義母様もかけがえのない一人息子を亡くされたんです。その悲しみの大きさは計り知れません」

「でも……」冷静でいられなかった。

苑長は夫が列車事故の前日以降は来ていないことを静かに説明した。

あの日、夫と義母はデイルームから激しく降る雨をじっと見ていたという。

今は柔らかな西日が差し込んでいる。

「すみません。義母をよろしくお願いします」

気持ちが落ち着いた早紀は苑長に頭を下げた。

玄関を出ようとすると、タイミングよくタクシーが到着した。

「ああ、すれ違いにならなくてよかった」

タクシーから降りた男が早紀に話しかけてきた。

その巨体と人懐っこい笑顔に覚えがあった。

長野県警の田中だった。

南木曽警察署に到着すると、入口近くの小部屋に通された。椅子と事務机だけの殺風景な空間だった。取調室なのだろう。

しばらく待つと、田中が荷物を持って戻ってきた。部屋の温度が微妙に上がった。

「被害者の会にいらっしゃるかと思って会場に行ったんですが、もうお出になってしまってて」

田中は駅まで追いかけた。早紀が列車に乗ってないことを知ると、タクシー会社に聞き込み、早紀が長寿苑に行ったことを摑んだのだった。

「こちらを確認していただけますか？」

田中が事務机の上に置いたのは、旅行鞄《かばん》だった。

「ご主人のものだと思うんですが……」

見覚えがあった。中身を確認する。一泊分の着替え、仕事用の手帳、パソコンなどが入っていた。

「……確かに夫のものです」

「よかった」

田中は一仕事終わったように額の汗を拭った。

しかし、奇妙だった。鞄は泥で汚れるどころかシミ一つなかった。

「……これはどこで見つかったんですか？」

「中津川駅前のビジネスホテルです」

「え？　事故現場ではなく？」

「そうなんです」

ホテルによると、夫は前日の昼頃チェックイン、翌日時間になってもチェックアウトされないため部屋を確認すると、信夫の姿はなく、鞄が残されていたという。

状況が飲み込めなかった。

「つまり、ご主人は荷物を置いて出かけられて、そのままホテルに戻らずにあの列車に乗られた」

夫は長寿苑で義母と面会した足で列車に乗ったということ？

「鞄はずっとホテルが保管してたんですか？」

「ええ、プライバシー保護のため忘れ物があってもホテルからお客さんに連絡することはないんです」

「夫が事故で亡くなったことに気づかなかったんですか？」

「そうなんです。昨日発売の週刊誌が事故の特集をしていたらしく、それを見てうちに届け出られたんです」

「……そうですか」

理解できなかった。ホテルの対応ではなく、夫の行動が。

「こちらに受け取りのサインをいただけますか？」

田中は書類とペンを差し出した。

「ちょっと待って下さい」

「はい？」

「事故が起きたのは十二兼駅と野尻駅の間ですよね？　中津川からは下り、塩尻《しおじり》方面です。夫がもし東京に戻るつもりなら、反対方面、上り名古屋行きに乗るはずです」

「そうですね。でも、塩尻経由でも東京に戻れるんじゃないですか？　甲府や八王子経由で」

「それは遠回りですし、事故に遭った列車ではその日のうちに東京に戻れません」

「そうなんですね」

だからどうしたんですか？　というニュアンスが含まれていた。

「ですから夫があの列車に乗ることは……」

廊下から怒鳴り声が聞こえた。

「どうして探してくれないんだ！　警察は仕事しろよ！」

激昂する男を数人の署員がなだめているのだろう。男の声はますます大きくなる。

「ひとみは列車に乗ってたんだ！　税金泥棒！」

「落ち着いて下さい！」

田中は早紀に申し訳なさそうに言う。

「すみません、うるさくて。自分の奥さんがあの列車事故に巻き込まれたと騒いでるんですよ。事故に遭ったみなさんは特定できてますし、木曽川の捜索も徹底的にやってるんですよね。何度も説明してるんですが、納得していただけなくて」

……千帆と同じだ。

部屋のドアに人がぶつかる音がした。

「おいおい」

田中はドアを開け、廊下を覗いた。

その時、ドアの隙間から署員三人がかりで壁に押さえつけられている男の顔が見えた。

体育館で騒いでいた男だった。

あの時と同じように「ひとみ！」と叫んでいる。

「……ひとみ？」

どこかで聞いたことのある名前。

第四章

1

クソ警官どもが！

山岡《やまおか》は悪態をつき続けた。

「田舎もんが！　お前ら税金で養われてるんだぞ。なんで国民のために働かないんだ！」

「ですから、捜索は充分にいたしました。列車に乗り合わせた皆様全員に聞き取りをしましたが、奥様を目撃した方はいらっしゃらなかったんです」

「あいつは見つからないように隠れてたんだ」

「はい？」

「とにかくもう一度探せ！」

ひとみがあの列車に乗っていたのは間違いない。

あの日、スマホが震えたのは和菓子組合の理事会の最中だった。発言中の理事が一瞥をくれた。慌ててスマホの電源を切ろうとして、画面に表示された名前が目に入った。嫌な予感がした。申し訳なさそうな表情を作って会議室を出た。

「ひとみさんがいなくなったのよ!」

電話の向こうで母が昂奮している。やはりそういうことか。しかし、どうやってあの堅《けん》牢《ろう》な蔵から逃げ出したのか。母はパニック状態で要領をえない。「今から帰る」と告げ、電話を切った。

会議室に戻りかけてやめた。たいして重要な会議ではない。理事は全員還暦を過ぎていて、何十年も理事職に居座っている連中だ。四十歳の山岡を洟垂《はなた》れ小僧扱いし、意見を聞こうともしない。面倒臭い。山岡家の忠犬、営業部長の和田《わだ》も出席している。彼に任せよう。

山岡は和田にメールを送ると、表に出てタクシーを拾った。

「〝いちょう庵〟本店」

八王子市内の運転手にはそれで通じる。

〝いちょう庵〟は明治創業の老舗《しにせ》だ。本店の他に銀座、池袋《いけぶくろ》、新宿に店舗があり、全国各地を巡回する催事担当部署が存在する。社員はその部署が一番多く、全体で千人程度。山岡は創業一族の四代目で、生まれながらにして家業を継ぐことが決まっていた。いわばサラブレッドだ。

その俺がなんで女ごときに振り回されなきゃいけないんだ！

山岡は舌打ちした。

「お客さん、何か？」運転手が振り向いた。

いちいちウルサいんだよ。

心の中で毒づいたが、「なんでもないです」と笑顔を作った。

いちょう庵の本店は旧市街にある。以前は母屋の一部だったが、平成元年に通りを挟んだ向かいにモダンなデザインの店舗を建てた。工場も車で十分ほどのところに新しく建てた。直後にバブルが弾けたが、和菓子の需要は極端に落ち込まず、老舗の暖簾《のれん》を守ることができている。

本店は今日も繁盛していた。山岡はその様子を確認して母屋に入った。築百年を超える屋敷は使い勝手が悪く、山岡は建て替えたいのだが、父も母も愛着があるらしく、承知しない。二人が死なないかぎりここに住み続けるしかない。

「武志《たけし》、ごめんなさい、ごめんなさい」

母は蒼褪めた顔で玄関にいた。

「いいから。どうやってひとみは蔵から逃げたの」

ひとみは以前小豆《あずき》など和菓子の材料を保管していた蔵に閉じ込めておいた。工場を移してからはただの物置になっていたが、出入口は一つで窓も高いところにしかなく、ひとみが背伸びしても手が届かない。もし届いたとしても格子がはめ込まれていて脱出は不可能だ。

蔵から叫び声が聞こえたので駆けつけると、ひとみは下腹部を押さえてのたうちまわっていたという。母は蔵の外から話しかけたが、ひとみは脂汗を流して苦しんでいる。母はその様子を見ていられなくなって開けてしまった。

ひとみは苦しそうに水を求めた。母はとても仮病に思えず、居間に戻って119番した。水を持って蔵に戻ると、ひとみの姿は消えていた。

扉を開けっぱなしで放置したら逃げるに決まってるだろ。

「それで、銀行口座やクレジットカードは止めたの？」

「え？」

こいつの鈍さには呆れる。

リビングに行き、ラックを見た。取り上げたハンドバッグを放り込んでいたが、やはりなくなっている。今度は本気で逃げる気だ。だとしたらまとまった金が必要だ。山岡は銀行口座とクレジットカードを止めたが、既に一日の限度額の百万円が引き出されていた。バカな女だ。たかだか百万円で逃げ切れると思っているのか。

「ひとみさん、実家に帰ったのかね。電話してみようか?」

「無駄だよ」

両親が自分の味方ではないことはひとみも判っている。

「大丈夫、必ず連れ戻すから」

スマホを操作すると、地図画面に点滅する赤い点が現れた。ひとみの現在位置を示す点だ。山岡はひとみのスマホに位置情報を送信するアプリを仕込んでおいたのだ。

赤い点滅は東京から西に向かって移動している。東海道新幹線だな。浜松《はままつ》を過ぎたあたりか。のぞみかひかりであれば次の停車駅は名古屋。こだまなら豊橋《とよはし》だ。

山岡が東京駅に着いた時、ひとみの点滅は名古屋にあった。しばらく動く気配はない。名古屋が目的地だとしたら、一時間半後には追いつく。

だが、山岡が乗った新幹線が新横浜を過ぎると、ひとみの点滅は再び動き始めた。中央本線を北上しているようだ。

中央本線は東京を起点に高尾、甲府、塩尻までがJR東日本の中央東線で、塩尻から名古屋までがJR東海が管轄する中央西線だ。

山岡が名古屋駅に到着すると、ひとみの点滅は再び動かなくなっていた。地図を拡大すると中津川という駅だと判った。

「あら、武志さん、どうしたんですか？」

ひとみの実家に電話を入れると、義母の緊張感のない声が返ってきた。やはりひとみは実家に連絡していない。義父母は今もひとみがわがままで山岡を困らせていると信じている。

「中津川に親戚か知り合いはいらっしゃいますか？」

「中津川？」

義母も初めて聞いた地名のようだ。

「長野県や岐阜県はどうですか？」

義母は沈黙した。どうしてすぐに思い出さないんだ。だから年寄りは苛つくんだ。

「いませんねえ、そちら方面には」

「ありがとうございます」と言い捨てて電話を切る。

ひとみの友人がいるのかもしれない。しかし、二度目に家出した時に頼った優子《ゆうこ》以上に仲がいい友人がいるとは思えない。

東京を出る時に降り出した雨は、西に移動するほどに激しさを増した。中部地方にはここ数日低気圧が居座り、大量の雨を降らせているようだ。

中央本線を北上しても雨の勢いは衰えなかった。山岡の乗った快速電車は徐行運転になり、中津川まではあと四十分ほどのところで動かなくなった。

山岡は焦ったが、ひとみの点滅は中津川に留まったままだった。


ひとみとは見合い結婚だった。遊ぶ金には不自由しなかったし、いつも女がいて結婚する必要を感じなかった。だが、両親や忠犬の和田たちから明治創業の老舗和菓子屋の四代目としての自覚を促された。跡継ぎを作る義務があるというのだ。子供なんか可愛いと思ったことは一度もない。自分の子供は別だという友人もいるが、自分に似た子供なんか気持ち悪いだけだ。それでも見合いしたのは、三十五歳を過ぎ、母に毎日のように結婚しろと言われ続け、うんざりしたからだ。

考えてみれば女遊びは結婚してもできるし、母が選んだ相手なら嫁姑《よめしゅうとめ》で揉《も》めることはない。揉めたとしても自業自得だ。自分たちで解決しろと突き放せる。山岡は相手がどんな女でも最初の見合いで決めるつもりだった。

ひとみの実家は北海道十勝《とかち》の小豆農家だった。いちょう庵に和菓子の材料を提供する農家のグループ〝いちょう会〟のメンバーで、五十年以上の付き合いがあった。いちょう庵にとっては不作の時でも必要な量を確保できるし、ひとみの実家も確実に買い上げてくれる先があることは安心できる。この結婚でお互いの関係を強固なものにしたいという両家の思惑が一致した。

見合い当日、都心の一流ホテルのラウンジに入ると、母が二十代後半の女性とその母親らしき人物と一緒にいた。山岡は写真すら見ていなかったが、地味な女だった。美人ではないが、いちょう庵四代目の妻として人前に出しても恥ずかしくないレベルだ。

この女とセックスして子供を作るのか。そう思うと笑えてしまう。

「はじめまして、山岡武志です」

ひとみは緊張した面持ちで立ち上がり頭を下げた。

「よろしくお願いします」

不躾に観察する。ひとみは戸惑い、目を伏せた。

ひとみには兄が二人いるため、実家の手伝いをする必要がなく高校を卒業すると東京の短大に進学した。英文学を専攻したというが、田舎から離れる口実が欲しかっただけではないか。

短大を卒業して大手商社に勤めたが、去年やめて十勝に戻ったという。

「なぜ戻られたんですか？」

「兄に家業を手伝って欲しいと言われまして……」

本当にそうか？　長く付き合っていた男に棄《す》てられ、東京にいられなくて戻ったんじゃないか？

「こちらで付き合っていた人はいなかったんですか」

見合いの席にはあるまじき質問なのだろう、ひとみとひとみの母が驚いて山岡を見た。

「武志、何を聞いてるの」

母が座を取りなしたが、山岡はひとみの反応を窺っていた。ひとみは動揺を隠すように俯き、黙って首を振った。

思った通りだ。ひとみは男を忘れるために結婚しようとしているのだ。

まあ、どうでもいい。昔『女は子供を産む機械』と発言して非難を浴びた大臣がいたが、この女の仕事はいちょう俺の跡継ぎを産むことだ。それさえやってくればいい。

結婚式は半年後、都心のホテルで盛大にやった。

ひとみを初めて抱いたのは新婚旅行でハワイに行った時だった。機械的に済まそうとしたが、最初無反応だったひとみが動くたびに上気していった。無意識に山岡の体を引き寄せようとしたり、声を出さないように自分の口を押さえたりする。山岡はひとみの両腕を押さえ、激しく動いた。ひとみは山岡と動きを合わせて大きな声を出した。

ひとみの体を開発したヤツは誰だ。

ひとみには聞かない。過去の男に嫉妬してると思われては癪《しやく》だ。ひとみが妊娠すれば俺の勝ちだ。山岡は顔のない男に組み敷かれるひとみを想像しながら射精した。

ハネムーンベビーはできなかった。それどころか半年経っても一年経ってもひとみは妊娠しなかった。両親は鷹揚《おうよう》だったが、納得できなかった。

山岡は自分が決めた通りに物事が進まないと気が済まない。子供の頃からそうだ。欲しいおもちゃは全部親に買わせたし、抱きたい女は必ずものにした。付き合っている男がいてもあらゆる手段を使って、つまり金にものを言わせたり、時には暴力に訴えて奪い取って抱いた。

ひとみはあと半年以内に妊娠しなければならない。なぜなら俺が決めたのだから。

ひとみは会社勤めの経験があるからか、店に立たせるとすぐに接客のコツを覚えた。四代目の妻が務まるのかと冷ややかに見ていた古株の従業員たちもひとみのファンになった。

母は「いいお嫁さん見つけてきたね」と常連客に言われ嬉しそうだ。

笑顔で接客するひとみに山岡は苛立った。

「ちょっと付き合ってくれ」

山岡は客とのやり取りを中断させてひとみを車に乗せた。

「総合病院へ」

運転手に告げると、ひとみが怪訝な顔を向けた。

「不妊検査を受けてもらう」

ひとみの顔色が変わった。「嫌です」いつになくきっぱりと拒否した。

それでも有無を言わさず病院に連れて行った。だが、不妊検査はできなかった。まず基礎体温をつけることから始めなければならない。卵巣や甲状腺、黄体ホルモンなど内分泌検査を行うのはその結果が出てからだという。

「結婚して一年経っても妊娠しないのはどうしてだ」

「判りません。でもまだ一年じゃないですか」

「ネットで調べた。たいていの夫婦は半年で70％、一年で90％、二年で１００％が子供が出来るそうだ」

「そうじゃない夫婦もたくさんいます」

「お前、ピルを飲んでるんだろ」

「えっ」

「昔の男と縒りを戻そうと思って妊娠しないようにしてるんだろ」

ひとみは一瞬絶句したが、山岡を見据えて言った。

「妊娠しないのは武志さんが原因じゃないんですか」

思わず手が出た。

「俺は何人も妊娠させてきたんだ！」

正確には三人だったが、数まで教える必要はないだろう。

翌日、ひとみは都心に買い物に行くと出かけたまま帰ってこなかった。

スマホにかけても直接留守電に繋がり、連絡が取れなくなった。

その夜、ひとみの母親から電話があった。

「ひとみは離婚したいと言ってます。何があったんでしょうか？」

山岡を責める口調ではなく、困惑している様子だった。ひとみは家出の理由を話していないようだ。山岡はこのまま離婚しても構わないと思ったが、母は明日迎えに行かせますと電話に向かって何度も頭を下げた。

確かにひとみと離婚すれば、ひとみの実家はもちろん〝いちょう会〟の他の農家との関係にヒビが入る可能性がある。

母に懇願され、山岡は十勝まで迎えに行った。

「二度とひとみさんを泣かせるようなことはいたしません」

心にもなかったが、大仰に畳に頭をこすりつけると、自然に涙が溢れた。自分には役者の才能があるんじゃないか？　そう思いながら頭を下げていた。

ひとみの両親はいたく恐縮し、「山岡さん、堪《こら》え性《しよう》のない娘に育てたわしらがいけないんです。どうか連れて帰って下さい」そう言って自室に籠城《ろうじよう》するひとみを引っ張り出した。

「俺が悪かった。一緒に帰ろう」

山岡は怒鳴りつけたい気持ちを抑え、優しく穏やかに言った。

ひとみは頷かなかったが、抵抗もしなかった。家に帰り着くまで目を合わせず、口を利くこともなかったが。

ひとみは能面のような顔をしていた。能面のような、とは一般的には無表情なことを言うが、イベントで知り合った能楽師から能面は人間以上に表情が豊かだと教えられた。喜びの表情がほんの少し角度を変えることで悲しみの表情に変わる。それだけではない、ふとした拍子に今まで見たこともないおぞましい表情になり、震えたことがあるという。ひとみの無表情の裏にはどんな顔が隠れているか。

家に着いてもひとみは喋らなかった。母が皮肉交じりに「お帰りなさい」と言っても反応しなかった。

夫婦の寝室はダブルベッドだった。喧嘩しても一緒に寝れば仲直りできると、伯父が結婚祝いにくれたものだ。その夜、ひとみはいつもより離れ、背中を向けて寝ようとした。山岡は後ろからパジャマを脱がせにかかった。ひとみは無言で抵抗したが、許さなかった。無理矢理裸にして押し入った。ひとみは痛がったが、やめない。

「お仕置きだよ」

ひとみは抵抗を諦め、まるでビニール人形のようにされるがままになった。最初は乾きっていたが、動くうちに濡れてきた。

女なんてこんなものだ。

翌日からひとみは従順に山岡や両親の言うことを聞き、店に出て笑顔で接客した。

それが一度目の家出の顚末《てんまつ》だった。

ひとみが二度目に家出したのはその一週間後。署名した離婚届が残されていた。

2

また十勝まで行かなければいけないのか……。

山岡はうんざりしてひとみの実家に電話した。

母親は、ひとみは戻っていないし連絡もないと言う。母親の困惑ぶりは本物だった。だとするとひとみは昔の男のところに行ったはずだ。縒りを戻すつもりかと問い詰めた時、否定しなかった。不妊を山岡のせいにした。間違いない。

ひとみの持ち物をすべて調べたが、昔の男の手がかりは見つからなかった。

ひとみの友人が知っているかもしれない。いや、家出を手引きしたに違いない。誰だ。

山岡はひとみの友人を知らない。結婚披露宴に十人近くが列席していたが、覚えていない。一人いた。会社の元同僚、長崎《ながさき》優子。結婚の挨拶状の『お近くにお越しの際にはぜひお立ち寄り下さい』という文を真に受けて遊びに来たことがある。

優子の名刺を探し出し、会社に電話した。

優子は戸惑った様子で、ひとみがどこにいるか知らないと言った。だが、家出の理由を聞こうとはしない。居場所を知っているからだ。山岡は確信した。

退社する優子を待ち伏せして尾行する。優子は総武《そうぶ》線小岩《こいわ》駅で降り、駅ビル地下のスーパーで買い物をする。ティッシュやソープなど生活雑貨、そして、弁当を二つ。

山岡はマンションの入口で声をかけた。

「山岡さん!?」

「ひとみ、いるんですよね？」

「い、いません」優子は判りやすく動揺した。

弁当が二つ入ったレジ袋に目をやると、優子は慌てて隠そうとした。が、思い直してますぐに山岡に向き直った。

「ちょっとひどいんじゃないですか？　山岡さんがひとみにしてること、パワハラ、モラハラですよ」

「……ひとみが言ってるんですか？」

「今まで何人も中絶させたなんてよく言えますね」

「……」

「ひとみは普段から山岡さんの高圧的な物言いに怯えていたそうです。それに、暴力的な、その、夜の行為も耐えられないって」

「そんなことも話したんですか」

驚いてみせたが、女同士は何でも暴露し合う生き物だと判っている。

「では、包み隠さずにお話しします。私は百年以上続く和菓子屋の跡継ぎとして育てられました。小さい頃からずっとそういう存在として見られ、甘やかされたり、あるいは嫉妬されて生きてきました。家業を乗っ取ろうとした人間もいました。父が信頼していた人物でしたし、両親が忙しくて一人ぼっちでいる時に遊んでくれた人でした。和菓子というと平和なイメージかもしれませんが、内情はドロドロしていました。私は誰にも心を開かなくなったんです。結婚も跡継ぎを作るためで、相手は誰でもいいと思ってました」一呼吸置いて言う。「ひとみに会うまでは」

ずっと敵意を含んだ目で見ていた優子の表情が揺れた。

「私はひとみに救われたんです。彼女と一緒の時だけ心穏やかにいられました。だったらどうして辛くあたったのかと思ってらっしゃいますよね？　それは私のわがまま、甘えなんです。うまく説明できないんですが、ひとみと繋がりたいという気持ちが高じて……いや、ダメですよね。判ってます。でも……」

優子は黙って聞いていた。

この際ひとみの過去の男を聞き出してやろう。

「ひとみは優子さんに何でも喋ってるんですね？」

「……ええ」

「じゃあ、私と結婚する前に付き合っていた男のこともご存知ですよね？」

優子の目が泳いだ。

「私がプロポーズした時、ひとみは洗いざらい話してくれました」

優子は驚きに目を瞠った。

「ショックでした。でも、過去のことをとやかく言うのは間違っている。夫婦には過去より未来が大事なんです」

優子は殊勝な顔で聞いている。

「私は欠点だらけの人間です。ひとみに愛想を尽かされてもしかたないです。でも、ジタバタしたいんです。ひとみを失いたくないんです」

絶句するとまた涙が溢れた。便利な体質だ。

「大丈夫です。ひとみが彼のところに行くことはありませんから」

「どうしてですか?」

「え?」

優子はなぜそんな判りきったことを聞くのかという表情になった。ということは……。

「……そうですよね、相手は離婚してないんですよね」

「ええ」

やはり不倫だった。

「ひとみはまだ課長のことを思ってます」

課長……社内不倫か。同じ課か、それとも別の課なのか?

「でも、あんなことがあったんですから、二人は結ばれてはいけないと私は思います」

〝あんなこと〟とはなんだ？

「……ひとみはまだ、課長のことを思ってるんですか」

優子が慌ててフォローする。「それは山岡さんに不満があったからで、今の山岡さんの気持ちを知れば、きっと課長のことなんか忘れると思います」

「……………」

「山岡さんのこと、誤解してました。私、立ち会いますから今のように冷静に話し合っていただけますか？」

「ありがとうございます」

殊勝に頭を下げたが、笑いをこらえるのが大変だった。女なんてちょろいもんだ。

「どうして⁉」

部屋に入ってきた山岡を見て、ひとみは悲鳴を上げた。

逃げようとしても無駄だ。優子はもうお前の味方じゃない。

家に連れて帰ると、ひとみは山岡を見据えて毅然《きぜん》と言い放った。

「寝室を別にして下さい」

「いいだろう」

山岡はひとみを蔵に連れて行った。蔵の中に布団や簡易トイレ、着替えを用意しておいた。

「どういうことですか？」

驚くひとみを突き飛ばし、重い扉を閉めた。

「お仕置きだよ。反省するんだ」

「反省するのは武志さんのほうじゃないですか！」

「心配するな。食事は一日三回ちゃんと運んでやるよ」

重い扉の向こうでひとみが喚《わめ》いていたが、すぐにおとなしくなった。

ひとみのバッグを探り、スマホを取り出す。ロックがかかっていたが、自分の誕生日をパスコードにしていたのですぐに解除できた。

メッセンジャーをチェックする。

――素敵な夜をありがとうございました。

いきなり意味深なメッセージを見つけた。宛先は〝須藤課長〟。こいつか。ひとみの不倫相手は。

須藤。

覚えのある名前だった。記憶を辿る。もしかして……。

山岡は結婚披露宴の席次表を引っ張り出し、新婦側の出席者をチェックした。会社関係は前方左側のテーブルだ。

須藤の名前があった。肩書は国重《くにしげ》物産生鮮食料品部門畜産部第二課課長。

そうだ、上司として挨拶もした。

「武志さん、彼女を幸せにして下さい」

よくも白々しく言ったものだ。

ひとみは頻繁にメッセージを送っていたが、〝課長〟からの返信はない。〝課長〟はメールが苦手なのだろう。電話の着信履歴のほうには〝課長〟の文字がずらりと並んでいた。


——今、福岡に着きました。同じホテルにチェックインします。

——お子さんのこと、驚きました。

——私、どうしたらいいかわかりません。

——奥さんに判ってしまったんですね。

「これはどういうことだ？」

蔵の中のひとみに話しかけたが、答えなかった。

それが十日前のこと。

今回は三度目の家出だった。

3

中津川市は標高三百メートルで四方を山に囲まれている。平均気温は東京より二、三度低く、降り続く雨が体感温度を更に低くしている。

山岡は薄手のコートで来たことを後悔した。

中津川駅の駅舎は新しくモダンな建物だが、駅前は閑散としている。高い建物はホテルが数軒あるだけ。少し離れた一角が雨に煙ってぼんやりと明るくなっているが、飲食店街なのだろう。

スマホでひとみの位置を確認する。アプリは二十メートルほどの誤差があるようだが、二百メートルも離れていないところにいる。飲食店街のどこかだ。

駅舎を出ると、冷たい雨が容赦なく襲いかかった。キヨスクで買ったビニール傘は気休めにもならなかった。ズボンはすぐにずぶ濡れになった。苛立ちに拍車がかかった。

駅からまっすぐ延びる大通りを少し歩き、飲食店街に入る。シャッターが下りた店がほとんどだった。雨や日が沈んだせいではなく、不景気で廃業した店が多いようだ。

それでもポツリポツリと開けている店がある。

アプリをチェックしながら通りを進んだ。ひとみの赤い点滅と山岡の現在位置を示す青い点滅が徐々に近づいていく。傘を叩く雨の音が激しくなり、気持ちが昂《たか》ぶった。

ついに、二つの点滅が重なった。

目の前に大衆居酒屋があった。濡れた暖簾をかき分け、ガラス戸越しに店内を覗くとカウンターが見えた。常連客らしい男たちが陣取り、店主と手伝いの女の子をからかっている。彼らに遮られて見えないが、奥にはテーブル席もあるようだ。

「いらっしゃいませ」

戸が開く音に反射的に振り返った店員は、表情を強張らせた。

ずぶ濡れで目を血走らせた男が入ってきたのだから無理もない。

店の奥にはやはりテーブル席が三つほどあった。

四人グループ、家族連れ、そしてもう一つのテーブルにはカップルがいた。

顔を寄せ、話し込んでいる。男の背中に隠れ、女の顔は判らなかった。

二人に近づこうとすると店員に声をかけられた。

「お客さん、カウンターでお願いします」

「うるさい！」

店員を怒鳴りつけると、店にいた全員の目が山岡に向いた。

カップルの男も振り返り、陰になっていた女の顔が見えた。

ひとみだ。

山岡に気づき、浮かべていた笑顔が凍りついた。

一緒の男は瞬時に状況を理解し、立ち上がってひとみを庇った。

こいつが須藤か。

血が沸騰した。須藤を殴り、ひとみの腕を摑んだ。

その手に痛みが走った。

体勢を立て直した須藤が反撃したのだ。

山岡は持っていた傘で須藤を突こうとしたが、足を払われ、尾骶骨《びていこつ》をしたたかに打った。

痛みが体の芯を駆け抜け、こめかみが痺《しび》れて動けなかった。

二人は店の外へ逃げた。

追おうとしたが、立ち上がれない。

「お客さん、大丈夫ですか？」

助け起こそうとする店員がうっとうしい。山岡は立ち上がると店員を突き飛ばして外に出た。

雨は激しさを増し、視界を更に悪くしている。

二人の姿が見えない。大通りまで出たが、二人どころか人っ子一人いない。

アプリを確認する。点滅は駅の方向へ移動している。山岡はゆっくりと後を追った。

やはり、ひとみは須藤と切れていなかった。ひとみは俺に抱かれながらあいつのことを考えていたんだ！

コキュ＝寝取られ亭主。屈辱的な言葉が頭に浮かんだ。

心の中に黒いものが生まれた。得体のしれない感情だ。なんだ、これは。

殺意だった。

殺さないと気がすまない。

どっちを殺す？　ひとみか、須藤か？　二人ともか？

まず、須藤をなぶり殺しにする。それをひとみに見せつけるんだ。それからひとみを殺《や》ろう。

道具はどうする？　傘では殺せない。刃物が必要だ。今から手に入れられないものか。

ひとみの点滅が動かなくなった。駅舎から少し離れている。駅前のビジネスホテルに間違いない。そうだ、ホテルの厨房には包丁がある。よし、なんとかなる。

ホテルは十階建てだった。玄関を入り、フロントへ向かおうとして、ひとみの点滅が消えていることに気づいた。

電波状態は悪くない。アプリの不具合か？　まあいい、このホテルにいることは間違いない。

「いらっしゃいませ」

フロント係はずぶ濡れの山岡に驚きながらも笑顔を作った。

「山岡ひとみの部屋はどこだ」

「申し訳ございませんが……」

戸惑うフロント係に苛立つ。

「いま男と入った女だよ！」

山岡はカウンターに拳を叩きつけた。

フロント係は怯えたのかバックヤードに入ってしまった。

「ひとみ！」

山岡は大声を上げながらエレベーターに向かった。

「お客様！」

バックヤードから数人の従業員が追いかけてきた。山岡はエレベーターに乗り込み、ドアを閉めた。二人は何階にいる⁉　迷ったが最上階から攻めることにした。

エレベーターを降りると一部屋ごとにチャイムを鳴らし、ドアを叩いた。

「ひとみ！　出てこい！」

どの部屋からも反応はなかった。誰もいないのか？　いや、人の気配はある。

ドアを蹴破ろうとした時、非常階段を駆け上がってきた従業員たちが飛びかかってきた。

暴れたが多勢に無勢、押さえ込まれてしまった。

「今すぐ退去して下さい」

「ひとみを出せ！」

「これ以上暴れると警察を呼びます！」

従業員たちは本気だった。ここで捕まれば二人を殺すチャンスを失う。山岡は抵抗をやめてホテルを出た。向かいのビルの入口で雨を凌ぎ、ホテルを監視した。

二人がこのホテルにいることは間違いない。出てこないとどうしようもない。最悪明日のチェックアウトまで待つことになるが、構わない。それだけ殺すエネルギーが蓄積する。

しかし、なぜひとみの点滅が消えたのか？　アプリの不具合ではないとしたら、須藤がアプリの存在に気づき、電源を切ったか、アプリを削除したということか。

だとしたら、二人がホテルに留まり続けるとは思えない。一刻も早く遠くに逃げようとするに違いない。

雨の音に混じり、遠くから列車が接近する音が聞こえてきた。

――まさか。

山岡は傘をかなぐり捨てて駅に走った。

改札上の時刻表に目をやる。

二十時二十六分発名古屋行きの特急しなの24号だ。

現在の時刻は二十時二十四分！

山岡は自動改札機を強引に突破し、構内に入った。

ホームには家族らしい三人連れがいた。屋根が切れた先のホームにもカップルがいる。

雨と傘で顔が判らない。山岡は駆け寄り、カップルの傘を払った。

違う！

ホームに特急が滑り込んできた。

ドアが開くと降りる人間はなく、家族連れとカップルが乗り込んだ。ホームに残っている人間はいない。いや、列車後方、雨の向こうに人影らしきものが見えた。

「待て！」

怒鳴りながら走った。

が、誰もいなかった。気のせいだったのか？

改札に戻りながら車内を覗く。乗客の顔を確認したいがよく見えない。

発車ベルが鳴る。

山岡はドアに手をかけた。乗るか、見送るか。

駅員が怒鳴っている。危険だから下がれだと!? ウルサイ！

ドアに手をかけたまま、もう一度ホームを見渡す。

「離れて下さい！」

迷ったが、手を離した。

ゆっくりと動き出した特急は、徐々に加速し雨の中へ消えた。

判断は正しかったのか？

正しいと信じよう。列車に乗らなかったとしたら二人はどこだ？ 街を出るなら車しかない。タクシーか！

山岡が改札まで戻った時、反対方面のホームに列車が入ってきた。

「あれは!?」駅員に聞いた。

「長野行きの特急しなの25号ですよ」

山岡は慌てて走り出した。下りホームには跨線橋と地下道で行ける。跨線橋が近い。階段を駆け上がる。

駆け下りる時、足がもつれたが、なんとか転ばずにホームに辿り着いた。

発車ベルは鳴り終わっていた。躊躇っている時間はない。列車に飛び乗るとドアが閉まり、動き出した。

息を整え、先頭車両に向かって進んだ。

週末でほぼ満席の車内には弁当とアルコールの匂いが充満していた。

先頭のグリーン車まで行き、折り返す。正面から乗客の顔をチェックするためだ。

山岡の不躾な視線に不快そうに睨み返す人間がいたが、気にしない。

列車は六両編成。最後尾まで来たが、ひとみも須藤もいなかった。

そんなはずはない。

車掌が検札に来た。塩尻までの切符を買った。

「今、四十代と三十代のカップルが乗ったよな?」

「中津川からお乗りになったのは、お客様だけですよ」

山岡は車掌の胸倉を摑んだ。

「そんなはずはない！　どこに匿《かくま》った」

「お客様……」

考えてみれば車掌が嘘をつく理由はない。

「……悪かった」

山岡は脱力し、最後尾の自由席に身を沈めた。雨に濡れた服で体が氷のように冷たい。

……やはり二人はさっきの名古屋行に乗ったのか。

十分後、列車は南木曽駅に停車した。山岡はデッキから顔を出したが、降りる客は一人もいなかった。

車内アナウンスが流れた。雨のため、一時運転を見合わせるという。乗客たちが騒ぎ始めたが、車掌は運転が打ち切りになることはないと付け加えた。

ひとみたちがいないのならこの列車に乗っていてもしかたない。いや、捕まえるには反対方向の列車に乗らなければ！

もう一度車掌を捕まえた。

「十分ほど前に中津川行きが出たところです。次の中津川行きは二十三時過ぎの最終ですが、運転を見合わせておりまして……」

クソ！

南木曽駅周辺の様子が判らない。中津川以上に街が暗い。ホテルがあるとは思えない。タクシーもなさそうだ。このまま運転再開を待って塩尻まで行ったほうがいいのか。

乗客たちはみな諦めの表情だ。窓の外の雨をぼんやりと眺めている。

それにしても、釈然としない。ひとみたちが名古屋行きに乗ったとは思えない。ということは、この列車に乗っているはずだ。ひとみがすぐ近くにいる気がする。

そうだ、トイレだ！　トイレを調べていなかった。

車両編成を確認すると、トイレは奇数号車にある。一番近い五号車のトイレをチェックした。空だった。三号車のトイレも（空）の表示だ。念のためにドアを開けてみたが誰もいなかった。

残るは一号車のトイレ。

（使用中）の表示が出ていた。

「開けろ！」

ドアを叩き、蹴飛ばした。

「な、なんですか」

中から動揺した男の声が聞こえた。

「須藤！　開けろ！」

「ま、待って下さいよ」

鍵が外れる音がすると、山岡は強引にドアを押し開けた。

中にいたのは須藤ではなかった。ズボンを慌てて引き上げた男の腕を摑んで引っ張り出し、中を覗き込んだ。

ひとみもいない。

男は恨めしそうに山岡を見て自分の席に戻っていった。

十分後、列車は運転を再開した。

列車は遅れを取り戻そうとしているのか、スピードを上げていく。車窓を叩く雨が後方に流れていく。

ひとみの位置情報を確認してみる。やはり点滅は消えたままだ。どうやってひとみを探せばいいんだ。

山岡が考えを巡らせていると、雨に混じり、低い地響きのような音が聞こえてきた。窓の外を見ると、水かさを増した木曽川の黒々とした流れが見えた。

第五章

1

南木曽駅に到着して、田中に電話を入れた。

田中は署まで来てもらうのは申し訳ないのでと駅前のカフェを指定した。

カフェというより昭和臭がプンプンする喫茶店だった。長年タバコで燻《いぶ》されたのだろう、店全体がくすんでいた。ソファの傷みもひどく、ところどころスプリングが剝き出しになっている。

タバコが苦手な篠山は窓際の席を選んだ。窓の木枠が歪んで隙間風が入ってくるが、新鮮な空気がありがたかった。

店と一緒に歳を取ってきたであろう老齢の女主人が注文を取りに来た。と言っても無愛想にテーブルの横に立っているだけだ。こんな店に期待してはいけない。篠山はコーヒーを頼んだ。マズければ飲まなければいい。

女主人は返事もせずにカウンターに戻り、コーヒーの用意を始めた。


相変わらずジリ貧だった。たまに入ってくる単発の仕事は単価が安い。回ってくる仕事のほとんどは他のライターが断ったクソ記事だ。だが、塵《ちり》も積もれば山となる。篠山はひたすら原稿を書きまくった。

和歌山刑務所からは足が遠のいている。芳恵のことは早く本にまとめたかったが、会うたびに心をかき乱され、気力が萎《な》えていた。だが今やめたら一銭にもならない。それどころかこれまでかけた経費が無駄になってしまう。もう一度モチベーションを高めて芳恵と対峙《たいじ》しなければならない。

それにしても、八千万円とは。

信夫が早紀に遺《のこ》した保険金だ。

飛び抜けて高い金額ではないが、夫婦仲が冷え切っているのに増額していたことが意外だった。月々の支払いはいくらだったのか？　計算しようとしてやめた。計算したところで自分の収入が増えるわけじゃない。

いや、もし早紀と結婚したら信夫の保険金で生活に困ることは……ああ、バカなことを考えてしまう。早紀とこれからの人生をともにできれば保険金などどうでもいい。

早紀は東京に来て初めて好きになった女。同時に二十年来の友人だし、親友の妻でもある。いや、妻だった。悲しみの中にいる彼女に寄り添い、力になりたい。信夫もそれを望んでいるはずだ。『早紀を頼む。あいつと再婚して支えてやってくれ』と。

そもそも早紀と結婚するのは信夫じゃなかった。あの夜、早紀が一人で部屋に来たのは抱かれたかったからに違いない。それなのに、何もしなかった。だから信夫のところに行ったのだ。あの時勇気を出していれば、こんな人生になっていなかった。きっと、早紀と結婚して文学賞を獲り、売れっ子作家になっていた。

あの夜、人生の脚本を書き間違えたのだ。だから書き直さなければならない。

カラン。ドアベルの乾いた音に目をやると、田中が巨体を揺らして入ってきた。

女主人に「いつものやつ」と笑顔で注文し、篠山の前に座った。

「すみません、お忙しいところ」

「いえいえ。東京からわざわざいらっしゃったんですか?」

田中はニコニコしていたが、迷惑そうだ。

「電話でお伝えしたように、警察としては興味ないんですよね」

「変だとは思いませんか？　あいつがなぜホテルをチェックアウトせずにあの列車に乗ったのか」

「ええ。不思議ですね」

「だったら……」

「列車事故は大雨による崖崩れが原因です。彼が列車に爆弾を仕掛けたとか、ハイジャックしたとか、そういうことで事故が起きたわけじゃないんです」

……確かにそうだ。

「まあ個人的には興味津々ですが」

「田中さんはなぜあいつが列車に乗ったと思いますか？」

「さあ、想像がつきません。私には想像力や推理力というものが欠如しているようなんです。だから刑事課ではなく生活安全課にいるんです」

生活安全課でも想像力や推理力は必要ではないか、とツッコミたかったがやめた。

「死体が別人だった可能性はありませんか？」

「はい？」

運ばれてきたホットミルクを包み込むようにして手を温めていた田中が、不思議そうに顔を上げた。

「あの遺体は自分の夫だと言い張る女性がいたそうですね」

「ああ、あの方。捜査本部にも何度もいらっしゃいました」

「その可能性はないんですね？」

「篠山さん、奥さんと一緒に遺体を確認されましたよね？」

確かに確認した。だが、今考えると断言したのは早計だった。状況から間違いないと思い込んでいた。

早紀は信夫があの日どんな服装で出かけたのか知らなかった。

「朝、見送ってないの。それに、あのジャケットは初めて見た」

「どういうこと？」

「あの人は洋服は一人で買いに行くの。相談されたことは一度もない」

「左肘に古傷があったじゃないか」

「でも、事故でできた傷がひどくて、今考えると確実に古傷だったとは言い切れない

……」

信夫の遺体は解剖も血液検査もされていない。

「故人への思いが強い方は、たとえ臨終に立ち会われても信じないんです」

田中、いや、警察には期待できない。自分で調べるしかない。

田中に一つだけ頼み事をし、意外に美味しかったコーヒーの礼を女主人に言って店を出た。

千帆が早紀の心に立てたさざなみは、篠山にまで押し寄せてきている。

信夫が生きていることなどありえるのだろうか。もし生きていたら、書き直そうと思っていた人生脚本はどうなるのか。書き直せずに、幸せな早紀と信夫を尻目に這い上がれない人生が続く。そんな脚本なのか。

信夫が死んでいることを望んでいるわけじゃない。親友なのだ。生きていたら嬉しいに決まっている。脚本はまた書き換えればいい。もっといい脚本にする方策があるはずだ。しかし、信夫は死んでいる。あの遺体は信夫に間違いない。既に火葬されているから血液検査もＤＮＡ鑑定もできない。信夫がホテルをチェックアウトせずに列車に乗った理由が判れば、自分も早紀も信夫が生きているという妄想に悩まされることはなくなる。

信夫があの日泊まったホテルを訪ねる。

駅から徒歩二分のところにあるが、外観もロビーもチープ感漂う典型的なビジネスホテルだった。

篠山はあらかじめ部屋を押さえておいた。日帰りでは調べきれないだろうし、従業員に話を聞くにしても客かそうでないかで扱いが違うからだ。

フロントで名乗ると、バックヤードから初老の従業員が出てきた。

「支配人の石川《いしかわ》です。長野県警の田中さんから連絡をいただいています」

篠山が田中に頼んだのはホテルへの口利きだった。

「お母様の施設を訪ねられる時はうちのホテルをご利用いただいています。いつも土曜日のお昼頃チェックインされ、荷物を置いてお出かけになります。日曜日はチェックアウトされてからお母様のところに行かれてそのまま東京に戻られていました」

「彼とはよく話したんですか？」

「ええ、私がフロントにいる時は」

「あの日、何か変わったことはなかったですか？」

「すみません、私、お休みをいただいてまして」

支配人は申し訳なさそうに言った。

「当日のチェックインを担当したのは村越《むらこし》というもので、まもなく出社の予定です」

「来られたら連絡を下さい。部屋にいます」

要望通り信夫が泊まった部屋が取れた。

狭い部屋だ。セミダブルのベッドに、冷蔵庫、壁にはめ込まれた鏡、ほとんど用をなさない小さなテーブルと椅子があるだけ。壁も薄く、隣の物音が聞こえた。

冷蔵庫やテーブルを動かし、信夫の痕跡《こんせき》がないか探した。あの日から四ヶ月、この部屋には百人近くが泊まっただろうし、掃除もほぼ毎日されている。そもそも信夫は鞄を置いただけで泊まってはいない。案の定、何も見つからなかった。

ベッドに転がり、考えを巡らせているとフロントから電話があった。

ロビーに降りていくと、村越というネームプレートをつけた三十前後の従業員が待っていた。

「チェックインの時は特に変わった様子はありませんでした」

村越の言い方にひっかかった。

「それ以外の時に何かあったんですか?」

「ええ、長寿苑から戻られた時に美味しい居酒屋を紹介して欲しいと言われました」

信夫は月に一回は中津川に来ている。日本酒が旨い店があり、常連になったと言っていた。

「そのお店が改装中だったんです」

「それで?」

「何軒かご紹介すると部屋に荷物を置いてお出かけになりました」

「何時頃？」

「午後六時半を過ぎていたと思います」

事故に遭った列車、特急しなの25号が中津川駅を発車したのは二十時三十二分。信夫は二時間近く居酒屋に滞在し、列車に乗ったことになる。

「それっきりホテルには戻らなかったんですね」

「いえ。一時間ほどして一度戻られました」

「え⁉」

まさか一度戻っていたとは。

「その時にちょっとした騒ぎがありまして……」

ずぶ濡れの男が『ひとみ』という女性を探しにやってきたという。

ひとみ……どこかで聞いた名前だ。

「お答え出来ずにいると、『いま男と入っていった女だよ！』と叫ばれて……」

「あいつが女性と一緒だったんですか？」

「たまたまお戻りが重なっただけのように見えました。お二人は面識がないようで、黙ってエレベーターに乗られましたし」

「その女性が山岡ひとみなんですか？」

「いえ、その方は星野様です」

ひとみ……思い出した！

「星野ひとみか！」

「確かそのようなお名前だったかと。確認いたします」

「いや、いい」

星野に間違いない。

つまり、信夫は星野と繋がっていたのだ。部下で地雷女の星野。

二人を追ってきた男は誰なんだ。男はフロントでひとみの名前を出した。ということは、彼女の関係者か。

「男がいなくなった後、あいつは出かけたんですね？　彼女と一緒に」

「いえ、お二人ともお出かけにはなりませんでした」

「でも、翌日のチェックアウト時間にいなかったんでしょう？」

「ええ」

二十時三十二分発の特急しなので事故に遭ったのだから、その時間より前にホテルから抜け出しているはずだ。

「実は星野様もなんです」

「星野様もチェックアウトせずにいなくなられたんです」

「も、とは？」

「なんだって！」

「部屋に荷物は残されていませんでしたし、前払い制なので問題はないんですが」

「おおありだよ！」

思わず大声を上げてしまった。

信夫とひとみは騒ぎが収まるのを待つことなく、従業員と男に見つからないようにホテルを抜け出したに違いない。

「エレベーターはこの一台だけなので、フロントの前を通らずに外に出ることはできません」

篠山はロビーを見回した。フロントの奥に申し訳程度の売店があり、その先に非常口があった。

「非常口の外には階段があるんでしょ？」

「ええ。男性がエレベーターで上がった時に非常階段で追いかけました」

「ちょっといいですか？」

篠山は非常口に行き、ドアを開けてみた。

鉄製の外階段があり、ごみ集積所を抜けて通りへ出られるようになっていた。フロントのある正面玄関を通らずにホテルを抜け出せる。

篠山がフロントに戻ると、客室係の女性が村越に話しかけていた。

「私が見つけたスマホは関係ないの?」

「スマホ?　何の話ですか?」

彼女は翌朝客室廊下のゴミ箱に捨てられていたスマホを見つけたという。

「見せてもらえますか?」

客室係の女性は戸惑ったが、村越が「長野県警の田中さんから協力するように言われてるから」と言うと、バックヤードに入っていった。

ホテルは利用客の個人情報を守る。篠山が飛び込みで来たら何も話してくれなかっただろう。

客室係の女性が拾得日時と場所が書かれた袋を持って戻ってきた。

「開けますね」

篠山は袋を開け、中のスマホを取り出した。信夫が使っている機種ではない。ということはひとみのスマホだろう。

電源ボタンを押すと製造会社のマークが表示され、初期画面に変わった。

やはりロックがかかっている。パスコードは四桁の数字だが、設定に無頓着な人間もいる。まず、〝1111〟と入れてみる。拒否された。

再度パスコードを入れようとすると村越に止められた。

「パスコードを六回間違えると一分間操作不能になります。それでまた間違えると、今度は五分間操作不能になります。更に間違えると操作不能時間が延びていき、十一回間違えると操作できなくなってしまいます」

知らなかった。残り十回しかチャンスはないのか。なんとかパスコードを知る方法はないのか？

「これ、預からせて下さい」

村越は困った顔をしたが、最後には頷いた。田中のおかげだ。

篠山は部屋に戻ると、スマホのロックを解除する方法をネットで調べた。いくつか方法が見つかったが、パソコンがないとできない。

しかし、信夫とひとみは示し合わせて中津川に来たのか？　だとしたら何故シティホテルではなくビジネスホテルにしたのか、別々の部屋にしたのも解《げ》せない。そうしなければならなかった理由は何だ。

腹が鳴った。二十一時を過ぎていた。昼飯も食べそこなっている。

篠山はフロントで村越が信夫に紹介した居酒屋三軒を聞いた。

一軒目はホテルの裏手にあった。

田中と会った喫茶店と同じようなレトロ感漂う店構えだった。風雨にさらされてボロボロになった暖簾をくぐる。狭い店で、客はみな常連なのだろう。一斉にこっちを見て「入ってくるな」と言わんばかりのオーラを出している。

飲み屋では必ず一杯飲んでから取材するようにしていたが、どうやらその必要はなさそうだ。念のため、スマホにある信夫の写真を見せた。

客も店主も興味なさげに一瞥しただけだった。

二軒目は居酒屋というより日本料理店だった。老舗らしいが小綺麗すぎて信夫の趣味ではない。一応確認したがやはり来ていなかった。場所柄出張族が多く、平日は賑《にぎ》わうが土曜日は地元の人間しか来ないらしい。あの夜は雨が激しく、客は予約の数組だけだったという。

三軒目は大通りから一筋入ったところにある大衆居酒屋だった。カウンターも三卓ほどのテーブル席も、ほとんど埋まっていた。

活気があり、信夫の好きそうな店だ。店員は篠山が一人と判るとちょっと困った顔になったが、テーブル席の二人客に声をかけ、相席をＯＫしてもらった。

壁には赤蕪漬《あかかぶ》けや五平餅《ごへい》、朴葉味噌《ほおば》などの郷土料理中心のメニューが貼り出されている。ビールと赤蕪漬けを注文。ビールを持ってきた店員に信夫の写真を見せた。

店員は首を傾げて戻ろうとした。

「列車事故の夜、飲みに来たと思うんだけど」

「ああ、あの夜ですか」

店員は改めて写真を見た。

「この人、覚えてますよ」

「本当ですか？」

「間違いないです。うちで騒ぎを起こしたんですから」

「騒ぎ？」

「この人は絡まれたほうなんですけどね」

信夫が女と一緒にいるところにずぶ濡れの男が入ってきてひと悶着《もんちゃく》を起こした。十九時半頃の出来事だったという。

こういうことか。ホテルにチェックインした信夫は、鞄を置いてこの店に来た。ひとみと飲んでいると、男がやってきた。信夫たちは男に追われてホテルに逃げ込んだ。二人は男やフロントに気付かれないようにホテルを抜け出し、あの列車に乗った。男も同じ列車に乗り込んだ。

思い出した。遺体安置所で『ひとみ！』と半狂乱になっていた男がいた。あいつに違いない。

三人は同じ列車に乗った。男は事故に巻き込まれたが助かっている。一方、事故で亡くなった人の中にひとみの名前はない。

信夫は……あの遺体が信夫ではなかったとしたら……。

篠山はひとみのスマホを見た。この中にヒントがある気がした。

しかしロックを外せない。酒で頭も働かなくなってきた。

会計を済ませて店を出ようとして男とぶつかった。顔は見なかったが、痩身《そうしん》で負のオーラが漂っていた。男は道を譲ろうとしなかった。出るほうが先だろ、と悪態をつきたくなったが、言えば不愉快な言葉の応酬になってしまう。篠山は男を避けて通りに出た。

少し先にコンビニの明かりが見えた。ホテルの冷蔵庫には何も入っていない。水でも買おうと向かうと、背後から足音が聞こえてきた。

篠山と同じようにのんびり歩いているように思えたが、足音は徐々に近づいてきた。早歩きから小走りになったようだ。

篠山は何気なく振り返り、ギョッとなった。さっきの男だった。

男の表情は見えないが、物凄い勢いでこちらに向かってくる。足が竦んだ。

男は篠山に喉輪を咬《か》ませた。

抵抗する間もなく、突き飛ばされ、ビルの壁に押しつけられた。壁に何度も頭を打ち付けられ、意識が朦朧《もうろう》となった。

足を払われ、左肩を道路でしたたかに打った。男は容赦なかった。脇腹を二度三度と蹴り上げてくる。

声が出ない。海老《えび》のように体を曲げて脇腹を庇いつつ目を上げると、男が全身に憎悪を漲《みなぎ》らせていた。

2

電話はランチの営業中にかかってきた。

「もしもし、そちらに須藤さんっています？」

蓮《はす》っ葉《ぱ》な喋り方の女性だった。声に聞き覚えがあった。

「お客様の、でしょうか？　それとも……」

「あ、須藤さんだよね？　私、判る？」

中津川で会った千帆だった。東京に出てきたから会いたいという。心がざわついたが、断る理由がなかった。

「いま渋谷なの。お店に行っていい？」

「申し訳ありません。営業中なので、三時過ぎに中目黒のカフェでいかがでしょうか？」

「いいよ」

昼の営業が終わり、指定した駅前のカフェに向かった。

中目黒の駅周辺はいつも人で溢れている。待ち合わせのカフェは横断歩道を渡ってすぐの、オープンしたばかりのビルにある。十五時前にも拘わらず千帆は来ていた。

「こんにちは。今日はお子さんは一緒じゃないんですね」

早紀は笑顔で話しかけたが、千帆は真顔で頷いただけだった。

嫌な予感がした。早紀が注文を済ませると、千帆はいきなり切り出した。

「ね、保険金いくら入った？　旦那さん、生命保険入ってたんでしょ？」

不躾な質問に驚いた。

「……あなたには関係ないと思いますけど」

不快感を露わにしたが、千帆は気に留めない。どうしても教えて欲しいと粘った。

人の気持ちを慮《おもんぱか》る神経を持ち合わせていないのだろう。早紀はしかたなく答えた。

千帆は鼻を鳴らし、八千万円かあ、と声を上げた。

「それだけあれば太郎が大学出るまで養えるんだよねー。うちは一千万円しかかけてくれてなかったし、借金もあるから苦しいの。それなのに保険会社は払ってくれないんだよ、死んだ証拠がないから、って」

「え？」

「うちの旦那の死体、見つかってないでしょ？　だから失踪者扱いで七年経たないと受け取れないの。事故で死んだ可能性が高い場合は特別失踪ってことになるんだけど、それを認めてくれないんだよね、警察も保険会社も。うちの旦那があの事故で死んだのは間違いないのに」

また死んだのは早紀の夫ではなく自分の夫だと言うのだろうか。

そう言えば篠山はどうしたのだろう。どんなに忙しくても週に一度はラパンに顔を出すのに、もう三週間音沙汰がない。中津川に調べに行ってくれたはずだが、結果を聞いていない。厚意で動いてくれているのだから催促めいたことはできなかった。

千帆は周囲を見回すと早紀に顔を近づけ、声を潜めた。

「うちの旦那、犯罪者なの」

「犯罪者？」

「ま、私も結構悪いことしてきたんだけどね。と言っても万引き程度。程度って言っちゃダメだね、最近スーパーでバイトして判ったんだけど、万引きの被害って馬鹿にならないんだよね。反省してる」

唐突な話に戸惑ったが、千帆は構わず話を続けた。

「旦那と知り合ったのは私がバイトしてたスナック。セールスマンって言うの？　商品カタログを持って全国を売り歩いてるって言ってた。私、付き合ってる時も同棲《どうせい》してもそう信じてたんだよね。バカでしょ？　太郎ができた時にね、プロポーズと一緒に告白したの。本当はヤバいことやってるって。ずるいよね、妊娠しちゃったんだからプロポーズ断れないじゃん。でも、結婚したら足を洗って就職したんだよね。ところがそこがヒドい会社でさ、ブラック企業っていうの？　給料安いし残業ばっかりなのに残業代は出ない。それで現役復帰したらしいの。私は会社をやめたことも知らなかったし、元の稼業に戻ったこともはっきりとは判らなかった。でも、きっとそうなんだよね」

彼女は肝心なことを言っていない。

「犯罪者って……旦那さん、何をやってたんですか？」

「スリ。知ってるでしょ？　電車の中や人混みで財布をくすねるヤツ。うちの旦那、あんたの旦那の財布をスッたんだよ。それを持っていたからあんたの旦那に間違われた」

コーヒーに伸ばした手が震えた。

「でも……」

早紀は疑問を口にした。

「もしあなたのご主人が夫の財布のスッたのなら、財布は二つ持っていたはずですよね？」

「あ……」

「やはりあれは私の夫の……」

「旦那の財布はきっとまだ川底に沈んでるのよ。犠牲者全員の遺留品が見つかったわけじゃないでしょ？」

「でも……」

「DNA鑑定したらはっきりするでしょ！」

千帆は苛立ってまくしたてた。

「なんで血液検査もDNA鑑定もやらなかったの⁉　ね、気持ち悪くない⁉　生きてるか死んでるか判んないって。死んだのがうちの旦那だったらあんたの旦那は生きてるってことだよ⁉」

……確かにそうだ。

「生きていたら嬉しいでしょ？　あ、困っちゃうか」

「困る？」

「だって、生きてたら八千万円は返さなきゃ」

お金のことなど考えが及ばない。早紀が黙っていると、千帆が下手に出てきた。

「ねえ、こうしない？　DNA鑑定しなくていい。死んだのはあんたの旦那ってことでいい。その代わり保険金分けてくれないかな？　ほんの一部でいいの。そうだな、三千万円くれたら嬉しいけど、二千万円でいいや」

何かがこみ上げてきた。心の底からの嫌悪感だ。早紀は席を立った。

「失礼します」

「ちょっと！」

無視した。「また来るからね！」と声がしたが、振り返らずにカフェを出た。

……千帆の話が本当なら、夫は生きていることになる。

生きているならどうして帰ってこないのか？　健太が亡くなって夫婦仲は冷え切っていたが、夫は仕事が生き甲斐《がい》だったし、大きなプロジェクトに取り掛かったばかりだった。生きていれば必ず帰ってくる。

やはり、夫は死んだのだ。

3

眠れないまま朝を迎えた。

今日は休みをもらっている。

健太の月命日だった。

黒いワンピースで家を出た。祐天寺駅近くの花屋に寄り、馴染みの店主と相談して季節感のある花束を作ってもらう。東急東横線《とうきゅうとうよこ》で横浜に出て、ＪＲに乗り換える。家から一時間弱、花の匂いに癒やされながら電車の揺れに身を任せた。

逗子《ずし》駅からタクシーで二十分ほどのところに健太と夫が眠る霊園がある。公園墓地といわれる形式のもので、園内は緑が溢れ、池もある。墓地と気づかずに公園として利用する人も多い。

柔らかい春の光の中を歩く。須藤家の墓は入口から遠いが海が見える場所にある。

須藤家の墓が見えた時、思わず足が止まった。

墓に手を合わせている男がいる。少し猫背の後ろ姿。髪には白いものが交じっている。

まさか。

鼓動が速くなった。早く確かめたかったが、足が動かなかった。

墓前の男は立ち上がり、早紀を振り返った。

「やあ」

篠山だった。

早紀は動揺の中で会釈した。どうして夫だと思ったのだろう。

「どうした？　蒼い顔して」

「なんでもない。篠山くん、ありがとう。健太の月命日を覚えてくれてたのね」

「……ああ」

早紀は墓前に花を供え、手を合わせた。

「篠山くん、あの人が生きている可能性はない？」

「急に何を言い出すの？」

篠山は驚いて早紀を見た。

早紀は千帆が訪ねてきたことを話した。

「彼女の妄想だよ。気にしたらダメだ」

「ＤＮＡ検査ができたら彼女も納得するかもしれない」

「残念ながら火葬した遺骨からＤＮＡは抽出できないんだ」

「調べたの？」

「以前ね。取材で知ったんだ」

「……そう」

「あいつは死んだんだよ」

「……ええ」

そう思いたくない気持ちがあった。

それが伝わったのだろう、篠山は言葉を続けた。

「あの事故で行方不明者はいない。怪我人の身元もすべて判っている。つまり、あの遺体は信夫なんだ。残念だけど」

「だったら千帆さんのご主人はどこにいるの？」

「俺に判るわけないよ」

「それはそうね。でも、生きているならどうして奥さんに連絡しないんだろう」

「何か事情があるんじゃないか？」

「どういう？」

「……何もかも捨てたくなったのかもしれない」

「五歳の子供がいるのよ」

「それでも捨てたくなることはあるんじゃないかな?」

……そうだろうか。

「彼女のご主人が事故に遭った列車に乗っていたのは間違いないみたいなの。車内から家に電話してるんだから」

「本当なのか?」

「電車の中であの人の財布をスッた。それを持っていたから間違われたって……」

「早紀ちゃん。そいつは確かにスリだったのかもしれない。でも、信夫からスッたというのは彼女の妄想だよ」

篠山は断言した。

「中津川のこと、報告してなかったね。あいつが泊まったホテルで鞄のことを聞いてきた」

「行ってくれたのね」

「ああ。あいつはチェックインして部屋に荷物を置くと食事のために出かけた。そしてそのまま戻らなかったそうだ」

「戻らなかった理由は?」

「判らない。これから先は俺の推測になるんだけど、食事の前か後に駅に行ったんだと思う。帰りの切符を買うために。その時、あの列車がホームに入ってきた。あいつはなんとなく乗り込んだ」

「なんとなく？」

「人間って自分でもよく判らない行動をとることがあるだろ？　例えば……蕎麦《そば》を食べたかったはずなのに、ふらりとラーメン屋に入ってしまう。そしてラーメン屋なのにチャーハンを頼んじゃう……みたいな」

早紀の知る限り夫がそのような行動をしたことはない。

「昼飯まだだろ？　よかったら何か食べよう」

もう少しここにいて、考えたかった。

「判った。じゃ、またラパンに行くよ」

篠山は早紀の背中を励ますように叩き、帰っていった。

早紀は墓に向き直った。

「……あなたは本当にここに眠っているの？」

墓の中には夫の遺骨が健太のそれと並べて安置されている。

早紀は決意を固め、墓地管理事務所に行った。

やはり遺骨をＤＮＡ鑑定に出そう。早紀が調べたところ、可能性は低いが火葬された遺骨からＤＮＡが抽出されることもあるという。

しかし、ＤＮＡ鑑定のために墓から遺骨を取り出した前例はあるのだろうか？

応対に出た職員は初老で腰が低かった。

「どういったご用件でしょうか？」

「夫の遺骨を手元に置きたいのですが、できますか？」

「それは墓じまいということでしょうか？」

墓じまい、初めて聞く言葉だった。

「ここのお墓を廃止して、他の墓地に埋葬し直すことです。あるいは手元供養、ご自宅などに置かれるか、海や山に散骨されるといったようなことです」

「息子も入っていますので、お墓はそのままで夫の遺骨だけを手元に置きたいんです」

「ご主人のものだけですか？」

「ええ」

「分骨ではなく、全部なんですね？」

「そうです」

夫のものではないと判れば千帆に返さなければならない。

「宗教的な儀式はどうなさいますか？　仏教の場合は閉眼供養が必要です」

「そうなんですね」

「こちらで手配いたしましょうか？」

「よろしくお願いします」

「他のご遺族様とはご相談なさいましたか？　後でトラブルになり、私どもにクレームをいただいたこともありまして……」

義母のことが頭を過ったが、手続きを進めて欲しいと頼んだ。

4

横須賀《よこすか》線は通勤電車だが、グリーン車がある。分不相応とは思うが移動中に原稿を書くためによく利用していた。この日は書くものはなかったが、つい習慣で乗ってしまった。

早紀に中津川での出来事を全部話していない。鞄の謎が解け、信夫がひとみと一緒にいたことが判った時、あの男が現れた。

男は篠山を蹴りながら喚いた。

「どうしてお前がひとみのスマホを持ってるんだ！」

ひとみの夫、山岡。篠山は暴力に耐えられずに事情を話した。

「なるほど、あいつの友だちか」

こいつは利用できる。そう思ったのだろう。山岡はひとみとの顛末を話した。篠山は山岡の異常さに吐き気を催した。

妻を監禁したり、行動を監視するアプリをスマホに仕込む。執拗に追いかける。暴力を振るうことも躊躇しない。おぞましい。

「須藤が生きていてひとみと一緒にいる可能性があるということか」

山岡の目には殺意があった。

そうだろうか。信夫が事故を生き延びたらどう行動する？　信夫はひとみを迷惑がっていた。一緒に行動するとは思えない。だが、二人は中津川の同じホテルにいた。ひとみが一方的にやってきたのではなく信夫が呼んだのだとしたら二人の関係が続いていたことになる。一緒に行動していても不思議はない。

ただ、信夫には捨てられないものが二つある。

健太と母親。

早紀との仲が冷めても、健太の月命日だけは一緒に墓参りをしていた。それが今日だった。

墓に着いた時、墓前に花があった。早紀が供えたものだと思った。墓に手を合わせていると、近づいてくる足音があった。早紀だった。

「やあ」

と、普通に挨拶したが、動揺していた。花を供えたのは早紀じゃない。

篠山は早紀と別れ、霊園近くの花屋に聞き込みをかけた。数軒回ったが、信夫らしき男が花を買った店はなかった。東京、あるいは他の街で買ったのかもしれない。

信夫が生きているのか死んでいるのか、はっきりさせたかった。

そのためにはもう一度中津川に行く必要があったが、急ぎで金になる仕事が転がり込んできた。貯金も底をついている。生きていくためには稼がなければならない。

果たして信夫が中津川に向かったのは、四月になってからだった。

長寿苑で信夫の母親に会う。事故直後より一回りも二回りも小さくなっていた。認知症も進み、ほとんど話ができなかった。彼女の人生の幕が下ろされるのはそう遠くないだろう。

信夫が別人になりすまして母親に会いに来ている可能性も考えたが、事故後に彼女を訪ねてきたのは早紀しかいなかった。

「現場百遍」は、事件解決の糸口は犯行現場にあるという意味の警察用語だが、取材も同じだ。繰り返し現場に行くと何かしら手がかりやヒントが得られることがある。

塩尻行きの普通列車に乗る。事故以来不通だった区間はひと月前に開通していた。

普通列車は三両編成で、乗客もまばらだった。

中津川駅を出て、最初に停車するのは落合川《おちあいがわ》。坂下《さかした》、田立《ただち》、南木曽、そして十二兼駅。

事故現場は次の野尻駅との間だ。

列車は事故現場をゆっくりと通過していく。地滑りで土面が剝き出しになった山側の斜面は今は分厚いコンクリートで覆われている。それ以外に事故を思い起こさせるものはもうない。乗客で事故の話をする者もいなかった。

野尻駅で降りる。駅員にレンタル自転車があるかどうか聞こうと思ったが、聞くまでもなかった。小さな平屋の駅舎を出ると、車が十台ほどしか駐められない空き地があるだけ。レンタル自転車どころか客待ちのタクシーさえいなかった。

歩くしかない。駅からまっすぐ中山道《なかせんどう》(国道19号)に出る道はなく、線路と並行する野尻停車場線という車一台が通れるほどの幅しかない道路を行く。

十五分ほど歩くと、三叉路《さんさろ》にぶつかった。篠山は中山道ではなく、線路に近い旧中山道を選択した。

道幅は更に狭くなり、踏切を渡る。木曽川に近づき、せせらぎが聞こえてきた。あの夜猛り狂い多くの人間の命を奪った川とは思えないほど穏やかだった。

更に十分ほど歩き、事故現場に到着した。

四方を新緑の樹々に囲まれる中、コンクリートで固められた斜面は異様に見える。近くで見ると、その抉《えぐ》れ具合から相当量の土砂が線路に流れ込み、列車を脱線させ、木曽川へ落としたことが判る。一部マスコミが救助活動の不手際を責めたが、この道幅では作業が難航するのも無理はない。

ここで四十二人もの人間の人生脚本に、無理矢理エンドマークが打たれたのだ。信夫たちが列車に乗っていたとしたら、何両目だろうか？　木曽川に転落した車両は先頭の二両だ。三両目以降に乗っていたら横転した列車から降りることは可能だ。怪我さえしていなければ。

通報を受けて南木曽から救助隊が駆けつけたのは三十分後。きっと二人は傘も差さずに歩いただろう。その時雨はまだ激しく降り続いていた。普段歩く者もいない道を、ずぶ濡れで事故現場の方から歩いてくるカップルがいたら救助隊は必ず気づいている。

ということは、野尻方面に向かったのか？

少し遅れて野尻からも救助隊が駆けつけている。彼らに見つからなかったとしても、ずぶ濡れの二人に町の誰も気づかないはずはない。

篠山は野尻駅まで戻り、周囲に聞き込みをかけた。

だがそれらしきカップルを見た人間は見つからなかった。

自転車に二人乗りした男子中学生が前からやってきた。篠山は話しかけようとしたが、自転車は別れ道で停まった。後ろの男の子が降り、サドルに跨《また》がる男の子の背中を叩いて去って行った。

待てよ。

信夫とひとみは列車に乗ったが、自転車の中学生のように事故に遭う前に降りたのではないか？

中津川駅を出発した列車は南木曽駅で雨の様子を見るためにしばらく停車している。山岡は降りた人間はいなかったというが、見落としたのではないか。

十二兼駅から南木曽駅は一駅、五分だったが、二時間に一本しか走っていない。篠山は三十分以上無駄な時間を過ごし、ようやく南木曽駅に着いた。

「ああ、事故の日の話ね。確かに一時停車しましたね。でも、降りた人はいなかったです」

「駅員さんたちに見えないように降りられるんじゃないですか？」

「停車中はドアを手動でオープンできますからね。私たちが気づかないというのは、この改札を通らなかったってことです。列車に視界を遮られているからホームの向こう側から出られたら判りませんが」

「あちらにも改札があるんですか⁉」

「いや、ただの柵ですけどね」

「ちょっとすみません」

跨線橋を渡り、あの日列車が停車したホームを確認する。改札の反対側には高さ一メートルほどのコンクリートの柵があり、その外には背の高い雑草が茂っていた。

篠山は柵を乗り越え、雑草をかき分けて先の道路に出てみた。ズボンが汚れてしまったが、それほど大変ではなかった。しかし、あの夜は土砂降りの雨だ。かなり苦労したはずだ。

信夫とひとみは雑草の陰に隠れ、列車が走り去るのを見送ったのだろう。

それからどうする？　どこへ行く？　駅の裏にはなにもない。

駅前に客待ちのタクシーがいた。篠山はタクシーに乗り込んだ。

「どちらまで？」

「ちょっと聞きたいんだけど」

「なんですか？」

ルームミラーの中の運転手は、胡散臭そうに篠山を見ている。

「列車事故の夜、客待ちしていたタクシーはいたのかな？」

「さあ、俺は非番だったんで判らんです。どちらまで？」

「名古屋まで」

運転手は驚いて振り返った。

「お客さん、百キロ以上ありますよ、本気ですか？」

「ということは、二時間以上かかる？」

「勘弁して下さいよ」

「あの日、名古屋まで行った運転手さんはいないですかね？」

「いないですよ。行ってたら話題に出ますから。ほんとに行くんですか？」

「いや。近場で予約無しで泊まれるところあるかな？　塩尻方面じゃなく、名古屋に近いほうで」

「妻籠《つまご》がすぐそこですけど？」

妻籠……中山道と伊那《いな》街道が交差する交通の要所で、昔から賑わっている宿場町だ。

「だけど、温泉じゃないし、民宿に毛が生えたような旅館が多いし、周りの店は夕方五時には閉まりますからね。散策するにはいいんですが」

「夜中にふらりと行っても泊まれるかな？」

「無理だと思いますよ」

二人はずぶ濡れだった。旅館を訪ねたら目立つだろう。


妻籠は平日にも拘わらず、観光客で溢れていた。重要伝統的建造物群保存地区になっており、昔の旅籠《はたご》の風情がそのまま残されている。

歴史散歩を楽しむ気分ではない。観光案内所に行き、妻籠地区の宿泊施設リストを入手した。旅館が二軒、民宿が五軒。虱潰《しらみつぶ》しにあたる。

どこもあの日の宿泊客は予約客のみだった。念のために信夫の写真を見せたが、見かけた人間はいなかった。

街道で繋がる大妻籠《おおつまご》、馬籠《まごめ》にも数軒宿泊施設がある。歩いて向かっていると電話がかかってきた。0264から始まる固定電話。タクシー会社からだった。先程の運転手が会社に戻って確認してくれたのだ。

「ありましたよ、あの夜ずぶ濡れのカップルを乗せた車が」

予約無しで泊まれるところに連れて行って欲しいと言われ、十数軒の宿泊施設がある花《はな》見《み》温泉郷へ向かった。部屋数が一番多い桔梗屋《ききょうや》の前で車を停め、空室の確認に行こうとしたが、カップルは自分たちで交渉すると言い、降りたという。タクシー代を払ったのは女性だった。

篠山はタクシーを飛ばして花見温泉郷へ行った。

応対した桔梗屋のフロント係は宿泊データを確認したが、

「あの夜は予約無しのお客様はいらっしゃいません」

「確かですか？　満室で断ったんじゃなくて？」

「ええ、間違いありません」

隣の旅館でもなかった。

三軒目に夜遅くチェックインしたカップルがいたが、信夫の写真を見せると女将《おかみ》は首を振った。そのカップルは老夫婦だった。予定していた旅館に日付を間違えて予約、満室のために回されてきたという。

落胆して旅館を出ると、既に日が落ちていた。午前中に東京を出て歩きっぱなしだった。昼飯も食べそこね、さすがに疲れた。東京に帰るか。

時計を見ると十九時を過ぎていた。南木曽駅を三十分後に発車する列車に乗らなければ今日中に東京に帰り着かない。ギリギリ過ぎて急ぐ気力が湧かなかった。

桔梗屋に戻ると幸いなことに空き部屋があった。一人には無駄に広い部屋だった。夕飯の時間はとうに過ぎていたが、余った食材で何か作ってくれるという。温泉で軽く汗を流し、冷蔵庫からビールを取り出して飲んでいると、スマホが震えた。

山岡からのメールだった。

あの夜、連絡先を教えざるをえなかった。

「須藤は判らないが、ひとみが生きているのは確実だ。あいつは親類縁者や友人に頼れない。俺の知らない須藤の人脈を頼るはずだ。ひとみを見つけたらすぐに連絡しろ。いいな」

殴られたくなくて判ったと答えた。それ以来二日に一度は進展具合を教えろと電話やメールが来る。

ひとみの写真も送りつけてくるが、写っているひとみは怯えたり泣いたりしており、明らかに事後に撮影したと判る半裸のものもあった。病的な執着心だ。ひとみを見つけたとしてもこの男に教えてはいけない。

「手がかり無し」とだけ返信した。

結衣《ゆい》という中年の仲居が食事を届けてくれた。期待していなかったが、信州サーモンや馬刺し、和牛の朴葉焼きなど、豪華な内容だった。ビールの追加を頼むと結衣がお酌をしてくれた。話好きのようだ。もしかしたら情報を持っているかもしれない。

「列車事故の夜、覚えてる？」

「ひどい土砂降りでしたねぇ」

「あの夜、ここらへんの旅館に予約無しで泊まったカップルがいるって聞いたんだけど、知らないかな？」

結衣は目を輝かせてにじり寄ってきた。

「お客さん、探偵さん？」

「まあ、そんな感じかな」

話を合わせると好奇心に火が付いたようだ。

「私は知らないけど、ちょっと聞いてきますね！」

結衣はバタバタと出ていき、しばらくするとまたバタバタと戻ってきた。

「いました、いました、爽風荘《そうふうそう》に！」

一瞬で酔いと疲れが吹っ飛んだ。爽風荘の場所を尋ねると、結衣は率先して案内してくれた。

温泉郷の外れにある小さな旅館だった。

「ええ、確かにあの日飛び込みのお客さまがいらっしゃいました」

篠山ははやる気持ちを抑え、信夫の写真を見せた。

だがベテランらしい仲居の聡子《さとこ》は首を傾げた。

「違うんですか？」

「男性の顔はちゃんと見てないんですよ。最初にお茶を持っていった時も、夕飯を食べそこなったと仰有ったのでおにぎりを持っていった時も、男性は背中を向けてらっしゃって。話しかけたんですが、お答えにならず……」

「女性の顔は見たんですね？」

「ええ、わりと普通にお話ししました。でも、一度も目を合わせてくれなかったわ」

篠山はひとみの写真を見せた。

「ああ、この人だ」

「間違いないですね？」

「ええ、間違いありません」

「ありがとう」

篠山は自分の声が震えていることに気づいた。

信夫は、生きている。

第六章

1

ラパンから商店街を抜け、中目黒駅を越え、山手《やまて》通りを渡って少し歩くと目黒川に突き当たる。今は満開の桜が国道246号までの川辺を華やかに飾り、大勢の見物客が押し寄せている。

川沿いの店はどこも満席になり、商店街の外れのラパンにまで花見帰りの客が流れてくる。この時期ラパンは夜の開店時間を一時間早め、閉店時間を一時間遅くしている。

客の笑顔を見れば元気になるが、家に帰り着くと白ワインを飲む気力もなく寝てしまう。フロアの早紀でさえそうなのだから、厨房スタッフの笹森、井上、佳奈は疲労困憊《こんぱい》している。応援スタッフを入れる話も出たが、狭い厨房はチームワークが重要で、動きに慣れないスタッフが入ると却《かえ》って混乱して負担が増えてしまう。

「桜のシーズンは二週間。乗り切ろう！」

笹森の言葉に井上と佳奈が拳を振り上げて応えた。佳奈は深夜のガールズバー勤務を続けていたが、この時期だけは休んでいるようだ。ソムリエの根岸は飄然《ひょうぜん》とワインの在庫をチェックしている。

二週間……早紀にとってはとてつもなく長い時間だった。

家には手元供養を理由に墓地から引き取った骨壺がある。葬儀を終えて連れて帰った時は何の疑問もなく夫として扱ったが、今は賓客を迎えたような心持ちだった。

「もしもし、須藤さん？　私も須藤だけど」

千帆から電話があったのは、目黒川の桜がすっかり葉桜になってからだった。

「今、東京に来てるの。会えない？」

「今日は難しいです。人手が足りなくて抜けられないんです」

「何とかならない？」

「できれば来週お会いできませんか？」

もうすぐＤＮＡ鑑定の結果が出る。

「無理。明日の午前中は？　ブレックファスト、ご一緒しません？」

千帆の喋り方に違和感があった。無理してノーブルに振る舞おうとしているように思える。

早紀がしかたなくOKすると、千帆は帝国ホテルのカフェを指定してきた。

翌朝、約束の時間に行くと千帆は既に来ていた。息子の太郎くんも一緒だった。

「太郎、おばちゃんに『お早うございます』は？」

「お早うございます」

太郎は早紀を見ようともせずオウム返しに言った。

それでも早紀は笑顔になった。健太も太郎の年齢の時には人見知りだった。

「なんでも食べて。今日は私がご馳走《ちそう》するから」

昨日から千帆のテンションが気になっていた。

「この前はごめんなさいね。遺骨のDNA鑑定しろとか、保険金を分けてくれとか」

今日も同じことを言われると覚悟していたが、違うのか。

「私、精神的におかしかったの。旦那が事故に巻き込まれて死んだ。でも、別人だって言われる。じゃあうちの旦那はどこ？　ってパニックだった」

あの時の千帆の態度は不愉快だった。今は千帆の気持ちが判りすぎるほど判る。

「ごめんなさい。私が血液検査や解剖をしてもらっていれば、お互い苦しい思いをしなくても済んだんですよね」

「もういいの！」

千帆はことさら明るく言った。

「決めたの。うちの旦那は死んだ。あの遺体が早紀さんの旦那だったとしても、うちの旦那は死んだんだ」

千帆は自分に言い聞かせるように言った。そして、フッと小さく笑った。

「実はね、いま好きな人と一緒に住んでるの」

「え!?」

「再婚したいけど、旦那は失踪者扱いだから七年経たないと無理。でも、彼は法律的なことは気にしなくていい、一緒になろう、って」

「……そうなんですか」

「旦那とも結婚前からの知り合いでね、ずっと私のことを好きだったんだって」

……篠山のことを思った。

「貿易会社をやっててかなり金持ちなんだ。お金、大事だよね。もう苦労したくない。この子のためにも」

千帆は太郎の頭を撫でた。

太郎はキョトンと千帆を見上げた。

……ああ、健太もこんなふうに見上げてくれた。

急に動悸がして冷汗が出た。

「……ごめんなさい。用事があるの。失礼していい？」

「うん。わざわざ来てくれてありがとう」

千帆が手を差し出した。早紀が戸惑っているとその手を握った。

「きっと私たち、もう二度と会わない。あなたも幸せになってね」

「……ありがとう」

カフェを出たが、このまま電車に乗れそうになかった。ロビーで動悸が治まるのを待った。

千帆は人生をリスタートさせた。自分もそうしなければならないと改めて思う。

その夜、ラパンから帰宅するとA4サイズの封書が届いていた。

その封書には早紀のこれからの人生が入っていた。

2

信夫は生きていた。

事故の直前に列車を降り、ひとみと行動を共にしていた。

あの夜、二人のことは爽風荘の従業員の間で話題になったという。ずぶ濡れで荷物を何も持っていなかったからだ。仲居の聡子は宿泊客の会話を盗み聞きするのが趣味だったが、二人は全く会話をしなかった。次の日の予定を聞いても答えなかった。

仲居たちは二人の関係を邪推して盛り上がった。だが、列車事故のニュースが入ると興味はそちらに移った。翌朝、聡子が部屋に朝食を運んだ時、二人はテレビもつけずにいた。聡子が列車事故の話をしても興味を示さなかった。二人は食事を終えるとタクシーを呼んだ。

篠山は聡子から教えられたタクシー会社に向かった。頼みもしないのに結衣がついてきた。邪魔臭かったが、彼女が一緒に来てくれたおかげでタクシー会社は協力的だった。

運転手は中津川駅まで二人を乗せていた。塩尻方面は事故のために不通になっており、電車に乗り換えた二人が名古屋方面に向かったのは間違いない。問題は名古屋が目的地なのか、その先、大阪や東京に向かったのか。手がかりはなかった。

あれからひと月経ったが、どうやって信夫を探せばいいのか、見当もつかなかった。

山岡からは毎日のように電話やメールが来る。山岡が情報を摑む可能性もあるので着信拒否するわけにはいかない。いや、もし着信拒否しようものなら凄い勢いで怒鳴り込んでくるだろう。それも面倒臭い。

ラパンからは足が遠のいていた。早紀に聞かれたら言葉に詰まるかもしれない。信夫が生きていることを悟られそうで怖かった。

信夫のスマホは事故の夜から通じなくなっている。ひとみのスマホ同様捨ててしまったのだろう。今、信夫はスマホもなく、身分を証明するものも、金さえ持っていない。働くこともままならないはずだ。金はひとみが家を出る時に下ろした百万円だけ。逃亡生活に疲れているのではないか？

早紀の許《もと》に戻りたいと思い、連絡することはないのだろうか。

それはマズい。いや、何故だ。何故マズい。生きているならどういう形であれ出てくればいい。早紀は喜ぶだろう。俺は……。

俺は……。

早紀からメールが来たのは、日付が変わった直後だった。

――もし大丈夫だったら今から来てくれない？　ダメなら明日でいいけど。

もしかして信夫から連絡があったのか？

「すぐに行くよ」と返信し、タクシーを飛ばした。

「ごめんなさい、何か飲む？」

「いい。何かあったの？」

早紀の顔が白い。体調のせいではなく、緊張しているようだ。

「今日届いたの」

早紀から渡された封筒には〝法科学鑑定研究所〟と印刷されていた。

「篠山くんから可能性低いって聞いたけど、遺骨をDNA鑑定に出したの。あの人の爪と一緒に」

悪寒が走った。

二つのDNAが一致すれば信夫の遺骨だが、それはありえない。信夫は生きているのだから。

棚に置かれた骨壺。中身は千帆の夫の遺骨だ。

「最初は断られたの。火葬した遺骨では判定できる可能性は5%未満だって」

「それでも頼んだんだ」

「ええ。でも一人で結果を見る勇気がなくて。ごめんなさい」

「いや、呼んでくれてよかった」

「篠山くん、開けてくれる?」

封書を渡された。なんとか開封せずに済ませられないか。

「……早紀ちゃん、もし遺骨があいつのじゃなかったらどうする?」

「それは……あの人が生きているということね?」

「そうなるね」

早紀はしばらく黙ったが、

「……どうすればいい?」

質問で返してきた。

「俺が早紀ちゃんなら……」

篠山は自分の口から出る言葉を待った。

「結果は見ずに破り捨てる」

「え……」

そうだ、そういうことだ。

篠山は言葉を続ける。

「健太が亡くなった時、あいつは女といた。それなのに健太の死を早紀ちゃんのせいにした。事故を生き延びたのに早紀ちゃんに連絡もせず行方をくらませた。そんなヤツとやり直せるわけがない。そうだろ?」

「………」

早紀は黙っていた。心の整理がつかないようだった。

「じゃあ捨てるよ」

「待って」

早紀は篠山に向き直った。

「あの人のことはもう忘れる。でも、生きているのか死んでいるのかは知っておきたい」

……やはり開封するしかないのか。

早紀に渡されたペーパーナイフで封を切った。

報告書を見た。早紀の視線が突き刺さる。

「………」

篠山はため息をついて鑑定書を早紀に渡した。

「……鑑定不能」

早紀は呆然《ぼうぜん》と呟いた。

篠山は早紀に背中を向けた。安堵《あんど》に口元が緩みそうだった。

早紀はじっと鑑定書を見ているだろう。

「……残念だよ」

「……ええ」

早紀の声に諦観を感じた。

今、言うしかない。ずっと我慢してきた言葉を。

「早紀ちゃん、人生を書き換えよう」

早紀は戸惑った。

「いなくなったあいつに縛られる人生じゃなく、俺と一緒にいる人生にしないか？　俺は大学で初めて会った時からずっと早紀ちゃんが好きだった。早紀ちゃんを幸せにできるのは自分しかいないと思い続けてきた……」

「ちょっと待って」

篠山は構わず続けようとしたが、早紀は手で制した。

「篠山くんはずっと私の味方だった。いつも支えてくれた。あの人じゃなく篠山くんと結婚していたら……と思ったこともある」

ああ、そう思ってくれたんだ。

「あの人がいなくなって、私は人生を書き換えなければならない」

「だから……」

篠山は膝を折り、早紀の手を取った。早紀は驚いたが拒否しなかった。しかし、嫌悪《けんお》も好意も伝わってこなかった。

「でも、あまりに色々なことが起こりすぎて……このこともどう思えばいいのか、整理がつかなくて」

早紀はDNA鑑定書に目を落とした。

「早紀ちゃん……」

早紀の手が逃げていく。

「時間をちょうだい」

「……判った」

これ以上押しても早紀の答えは変わらないだろう。早すぎたのだ。やはり信夫が死んだという確証がないと早紀は先に進めないのだ。

篠山はマンションを出た。

どうやって信夫が死んだと納得させればいいのか。

問題なのは、信夫は生きているということだ。

3

数日後、篠山は和歌山に向かった。

芳恵から手紙が来たのだ。

〝面会待ってます。いつでもOKよ。でも早いほうがいいかも〟

信夫を探したかったが、仕事もしなければならない。しかし、どういう風の吹き回しなんだ？　文面からは芳恵の高揚が見てとれた。芳恵は喋りたいのだ。それが篠山が聞きたいことかどうかは判らないが。

新幹線が名古屋に到着しようとした時、スマホに着信があった。

山岡からだった。無視していると、何度も何度もかけてくる。根負けしてデッキに移動した。

「なんで出ないんだ！」

山岡はいきなり怒鳴ってきた。

電車内だからと口先だけで謝る。いつもなら「まだひとみを見つけられないのか！」と罵声《ばせい》が続くのだが、今日は違った。

「ひとみを見つけた」

「え？」

山岡は笑いながら言った。

「ひとみを見つけたんだよ」

まさか。

「あのヤロウ、誰といたと思う？　お前の親友だよ」

やはり二人は一緒に行動していたのか。

「そんなバカな。須藤は事故で死んでます」

篠山は驚いた振りをした。

「俺も信じられなかったが、間違いない」

「話したんですか？」

「いや。ひとみは札幌のスーパーで働いてやがった」

……札幌にいたのか。

しかし、山岡はどうやって二人を見つけたのか？

「SNSだよ」

「SNSで、どうやって」

山岡は答えずに電話を切ろうとした。

「待って下さい。札幌のどこですか？　俺もそちらに行きます」

「札幌に着いたら連絡くれ」

電話を切り、新幹線が名古屋駅に到着していることに気付いた。迷っている時間はなかった。急いで席に鞄を取りに戻り、発車ベルが鳴り終わる寸前に新幹線から降りた。

名鉄《めいてつ》名古屋駅まで走り、中部国際空港行きの特急に飛び乗った。新千歳《しんちとせ》空港行きの飛行機は車内で予約した。

三時間後、新千歳空港に着陸。すぐにスマホの電源を入れて山岡に電話したが、呼出音は鳴らず直接留守番電話に繋がった。

「千歳に着きました。どこにいますか？　折返し電話下さい」

新千歳から札幌まではJRで四十分あまりだ。山岡から折返しの電話はなく、車内から何度もかけたがずっと留守電になったままだった。

日が長くなったとはいえ、駅前のビジネスホテルに着いた時にはすっかり暗くなっていた。

山岡はなぜ連絡を寄こさないのか？　信夫たちと話し合っているのか？　いや、山岡の性格を考えると激しく責め立て二人を追い詰めているかもしれない。

探さなければ。しかし、札幌市内に一体何軒のスーパーがあるのか。雲を摑むような話だが、じっとしていられなかった。

列車事故の後、信夫たちはすぐに札幌に来たのか、各地を転々として流れ着いたのかは判らないが、ずっと目立たないように生きていたはずだ。知り合いに偶然会うことも避けなければならない。札幌には信夫の親類縁者はなく、会社の取引先もない。おそらくひとみの知り合いもいないのだろう。二人の生活資金はひとみが家を出る時に下ろした百万円だけだ。五ヶ月で使い果たし働かざるをえなかった。どの業種も就職するには住民票など身元確認書類が必要だから、それらが必要ではない短期のアルバイトで食い繋いでいたのだろう。だとすると、すすきの周辺の目立つ店や住宅街の小規模店舗ではなく、郊外の大型店舗に違いない。

札幌に土地勘はない。タクシーを拾い、運転手に大型スーパー巡りを頼んだ。

「敵情視察ですか？」

運転手は流通業界の人間と勘違いしているようだ。否定するのが面倒で適当に話を合わせた。

札幌は東京とは距離感が違った。郊外の店舗同士は思った以上に離れていて、二十二時の閉店時間までに四店舗しか回れなかった。どのスーパーにも信夫たちが働いていた痕跡はなかった。

その間、山岡には何度も電話を入れたが、彼が出ることはなかった。

テレビの音で目が覚めた。一瞬自分がどこにいるのか判らなかった。

「札幌は今日もいいお天気が続きます」

画面に映し出された天気図を見て自分が札幌にいることを思い出した。昨夜は少し飲むつもりですすきのでタクシーを降りた。が、疲れ果てコンビニで缶ビール三本とツマミを買って部屋で飲んだ。缶ビールを一本飲み干したところで寝落ちした。

テーブルの上に放り出していたスマホを確認したが、やはり山岡からの着信はなかった。

チェックアウトは三時間後の十時。それまでに山岡と連絡を取れる気がしなかった。フロントに電話して延泊を頼むとシャワーを浴びた。

バスルームを出ると、つけっぱなしのテレビはニュースを伝えていた。全国ニュースからローカル局に切り替わる。男のアナウンサーが淡々とニュースを読み上げる。まだ新人なのか、北海道独特のイントネーションが残っている。

「今日未明、札幌市中央区のホテルで男性が殺害されているのを従業員が発見しました。殺されたのは東京都八王子市の山岡武志さん、四十歳と見られ……」

思わずテレビを二度見した。

まさか。

一報では山岡が殺害されたことしか判らなかったが、八時からの情報番組、正午前のローカルニュース、ネットをチェックして、事件の全体像が見えてきた。

山岡は前日から宿泊していたホテルの部屋で殺された。三泊予約していたが、延泊の可能性もあるとフロントに伝えていた。昨日は午前中に外出し、十八時にはホテルに戻っていたという。それ以降は外出していない。

第一発見者は客室係だった。隣の客室からずっとシャワーの音がしているとフロントに電話があり、客室係が確認に行くと確かにシャワーの音がしていた。チャイムを鳴らしても返事がなく、バスルームで倒れているかもしれないとマスターキーで入ったという。

山岡はバスルームではなくベッドでうつぶせで死んでいた。現場の状況から、山岡は背後から備品の電気ポットで殴られて失神、鋭利な刃物で頸動脈《けいどうみやく》を切られ、失血死。客室内にあった果物《くだもの》ナイフは使われておらず、凶器は犯人が持参したものと思われた。

警察は宿泊客、従業員に聞き込み、周辺の防犯カメラをチェック、不審な人物がいなかったか捜査している――。

……殺したのは信夫だろうか？

山岡がひとみをホテルに拉致した。信夫は救い出そうとホテルに乗り込み、電気ポットで山岡を殴り、ナイフで刺した。いや、刺したのはひとみ、あるいは二人で力を合わせて山岡を殺した。

警察は山岡の人間関係を洗うだろう。家出中のひとみは最初に疑われるはずだ。

信夫は疑われようがない。〝死んでいる〟んだから。

篠山は恐ろしいことに気がついた。

自分も容疑者だ！

山岡のスマホは現場で見つかっている。通信記録は当然チェックされる。篠山は昨日から何回も、いや、何十回もかけている。留守番電話にもしつこくメッセージを残した。しかも山岡が殺された二十一時から二十二時はスーパーを巡っていて、アリバイがない。

事情聴取されるのは間違いない。疑いを晴らすにはすべてを話さなければならない。

信夫が生きていることも。

ダメだ。誰にも知られてはいけない。

警察がやってくる前に信夫を見つけなければならない。しかしこうなると、彼はますます地下に潜るだろう。どうやって見つければいいのか。

篠山は東京に戻ったが、警察からの電話が怖くてスマホの電源は切っておいた。山岡が八王子の老舗和菓子屋の四代目だからか、事件は関東のローカルニュースでも大きく扱われていた。

ある局がいちょう庵本店前から中継していた。

悲しみに静まり返っているといった手垢のついた常套句でレポートする記者。店の中から塊になって人が出てきた。喪服を着ているのは遺族だろう。社員たちが報道陣からガードしてワゴン車に乗せようとしている。

その中に喪服の若い女性がいる。髪が乱れ、生気もない。

……嘘だろ。

ひとみだった。

遺族を乗せた車は急発進し、報道陣が慌てて道を空けた。

信じられなかった。ひとみは地下に潜るどころか、嫁ぎ先に戻っていたのだ。

4

駒沢通り沿いのファミレスは日曜日の深夜にも拘わらず混んでいた。

奥の席で佳奈が大仰に手を振っている。話したいことがあると呼び出されたのだ。

「ドリンクバーにします？　それともお酒飲みますか？」

「お酒は話が終わってからにしましょ」

「そうですね！」

佳奈は「アイスティーですよね」と小走りにドリンクバーに行った。

「早紀さん、ここ、どう思いますか？」

佳奈は持参したタブレットのスイッチを入れて早紀に見せた。

「おじいちゃんとおばあちゃんだけでやってて、跡を継ぐ人がいないのでもうすぐ店を畳むそうなんです」

タブレット画面には八百屋《やおや》と洋品店に挟まれたクリーニング店が表示されていた。外観は古びているが、店頭の張り紙は手書きで新しい。きっと雨に濡れたりして破れたら書き直しているのだろう。誠実な仕事をしてきたことが窺えた。

「で、こういう感じにしたいんですよね」

佳奈はタブレットを操作してパティスリーのデザイン画を表示させた。

淡い水色の外観で、入口の両端には花鉢が吊《つ》るされている。

「可愛いじゃない」

「でしょ！」

佳奈はニコニコと店内のデザイン画も見せる。狭い空間を広く見せる工夫がされていた。

「本当はイートインコーナーも作りたかったんです。焼き立てのフィナンシェを食べて欲しくて」

フィナンシェはアーモンド粉に卵白や砂糖、バターなどを混ぜて焼いた小ぶりの菓子で、しっとりとした食感のイメージだが、実は焼き立てが美味しい。ラパンで初めて食べて驚いた。

「他の物件は検討したの？」

「はい。理想の場所を見つけたんですけど、賃料が高くて。出せて二十万円までです。作ったものが全部売れても儲《もう》けは出ないし、銀行から借りたお金は一生返せなさそうで」

「銀行には相談したの？」

「何行か。一番多く用意してくれるところで六百万円でした。他に当てがないので、貯金を足した八百万円でなんとかやらなきゃです」

早紀は千帆と会ってからずっと考えていたことを口にした。

「私に協力させてくれない？」

早紀の唐突な申し出に佳奈は小首を傾げた。

「佳奈ちゃんのお店に出資させて欲しいの」

「出資？」

「銀行に借りようと思っている分、私に出させて」

「それは、亡くなったご主人の保険金で？」

「そう」

「でも、それは早紀さんの大事なお金……」

「だから使いたいの」

「私のために使うなんて……」

「ううん、自分のためなの。新しい人生を始めたいの」

「新しい人生？」

「幼い頃は夢を語ってた。将来何になりたい？　幼稚園の先生！　客室乗務員！　医者！

でもいつの間にか夢を語らなくなった。大学の時は作家を目指そうとしたけど、自分の限界を知った。夢を見ずに現実的に生きよう、でもその中で最良の道を行こうと思った。結婚して子供ができて、いつか夢を見ることすら忘れてしまっていた。健太が亡くなり、夫が亡くなり、私には夢どころか現実さえなくなってしまった。でも、佳奈ちゃんが、もう一度生きること、夢を見ることの大切さを思い出させてくれたの」

そう。ハムレットさん、夢は生きているうちに見なきゃ。死んでからのことを心配してもしかたないよ。

「だから佳奈ちゃんの夢に投資したい。夢を共有したいの」

「夢を共有……」

「……ダメかな」

佳奈は首を振った。そしてテーブルを乗り越えそうな勢いで身を乗り出し――。

「だったらちゃんと共有して下さい！」

「どういう意味？」

「パティスリー、私と一緒にやって欲しいです。作るのも売るのも一人でやるつもりでした。でも、結構大変そうで。バイトを雇おうと思ってたんですけど、早紀さんが経営にも加わってくれたら鬼に金棒です！」

「経営にも、って……」

そこまでは考えていなかった。

「お店はクリスマスまでにオープンさせたいんです。時間あるようでないんです。お願いします」

佳奈はファミレスのテーブルに頭をくっつけた。

もし佳奈の店を手伝うことになったら、ラパンはどうしよう。笹森も佳奈のことを応援しているけれど……。

「私から話してみます。笹森さんがＯＫなら一緒にやってくれるんですよね？」

「そうね」

「わーい！　嬉しい！　早紀さん大好き！」

「早まらないで。まだ判らないから」

「笹森さん、絶対ＯＫしてくれますって」

佳奈は満面の笑みで、伝票を摑んだ。

「お茶を飲んでる場合じゃありません！　お酒飲みましょう！　お店替えて飲みましょう！」

佳奈は早紀の返事を待たずにレジに向かった。

「二軒目は私が払うのね」

早紀は笑顔で佳奈の後を追った。

5

山岡武志の葬儀は八王子市の一番大きな寺で行われていた。

入口の門は半分閉められ、その前に受付用のテントが設置されている。社命で駆り出されたであろういちょう庵の社員たちが弔問客を誘導し、部外者が入り込まないように監視していた。

取材陣は少し離れた場所で弔問客にマイクを向ける。ビデオカメラ、スチールカメラがその様子を撮っていて、やめさせようとする社員と小競《こぜ》り合《あ》いが起きていた。

篠山は受付で香典袋を差し出した。中には申し訳程度の金を入れてある。山岡を悼む気持ちなどさらさらない。名刺を要求され、あいにく切らしてまして、と恐縮したふりをする。芳名帳に記帳する。もちろんデタラメな名前。

「失礼ですが、故人とはどのようなご関係でしょうか？」

「大学の友人です」

神妙な面持ちで言うと、受付の男は丁重に頭を下げ、傍《そば》に立っていた男が会場へ案内してくれた。

山岡の遺影に苦笑する。柔和な、人格者のように見える写真。よくも選んだものだ。中津川でいきなり殴りつけてきた時の奸悪《かんあく》な顔は忘れない。

参列者は百人程度で、焼香台に列ができている。

ひとみは焼香する弔問客に頭を下げている。夫を殺された不幸な妻を演じているようにしか見えなかった。

順番が来た。ひとみに黙礼する。ひとみはハンカチを口に当てたまま視線を合わせずに頭を下げた。

焼香を終え、遺族席に歩み寄って山岡の両親にお悔やみを言う。

ひとみの前に移動し、見据えた。そして更に一歩距離を詰めた。

ひとみは戸惑い、思わず後ずさりをした。ここで追い詰めてもしかたがない。山岡の両親や他の参列者に不審に思われないように手短に済まそう。

「須藤はどこにいる」

ひとみにだけ聞こえるように耳許で囁《ささや》いた。

ひとみは目を見開いた。

「南木曽の爽風荘」

更に小声で言うと、ひとみの顔から血の気が引いた。

「このたびはご愁傷さまです。お力落としのないように……」

ひとみの手を取り、あらかじめ用意していたメモを握らせた。そしてもう一度両親に頭を下げ、出口に向かった。

駅前で場所を探している時に、電話がかかってきた。電話帳に登録されていない番号だ。

「ひとみさん、嬉しいよ、電話もらえて」

「……どういったご用件でしょうか？」

どこからかけているのか、周囲の音は聞こえない。それでもひとみは声を潜めている。

「だから、須藤の居場所を教えて欲しいんだよ」

「……課長とは私の結婚式以来お会いしていません」

そんな嘘が通ると思っているのか。爽風荘の名前も出しているのに。

「判った。じゃあ、俺が知ってること全部警察に話すしかない。いいんだな」

「あなたは誰なんですか？」

勇気を振り絞って気丈に言っているのだろう。いじましい。

「俺が質問してるんだよ！」

一喝《いっかつ》した。

ひとみは黙った。だが、電話は切らない。そりゃ切れないだろう。

「お悲しみのところ大変申し訳ないんですが、八王子駅まで来ていただけますか？」

慇懃《いんぎん》に、いや慇懃無礼に目の前のカラオケルームの店名を告げ、今夜十時までに来ないと警察に話すと念を押して電話を切った。本当はホテルのほうがいいが、密室で見知らぬ男と二人っきりになるのは警戒するだろう。来ない可能性もある。カラオケルームは鍵がかからないし、ドアには窓がついているから抵抗は少ないはずだ。

果たして二時間後、ひとみが現れた。さすがに喪服ではなく地味な服に着替えていた。

「どういうことなんでしょうか？」

ひとみは平静を装っていたが、怯え、緊張しているのが判る。

「須藤はどこにいる」

「本当に知らないんです」

「山岡を殺したのはあんたなのか？　須藤なのか？」

「私たちは無関係です」

「アリバイがあるなら説明してもらおう」

「あなたは探偵なんですか？」

「俺の素性はどうだっていいんだよ。須藤は死んだことになっている。山岡が殺されて一番最初に疑われるのはあんたじゃないのか？」

「警察の事情聴取は受けました。でも、私は山岡が殺された時間には実家にいたんです」

「実家？」

「十勝です」

「札幌からどれくらいかかるんだ」

「特急で二時間十五分ほどです」

「あんたは山岡が殺された日に会ってるよな？　須藤と一緒に」

「会ってません」

「とぼけるなよ。あの日、山岡が電話してきたんだ、あんたらを見つけたって」

ひとみは大きくため息をついた。観念したようだ。

「……どこから話せばいいですか？」

「健太が死んだ夜からだ」

「ご存知なんですね。私と課長が愛し合っていたこと」

「愛し合ってた？　あんたが一方的に好きになっただけだろ」

「違います！　確かに好きになったのは私のほうが先です。課長に奥さんとお子さんがいることはもちろん知ってました。いけないこととは判ってましたが、好きになってしまったんです。私が気持ちを伝えても課長は応えてくれませんでした。でも、プロジェクトの打ち上げで盛り上がったんです。タクシーに一緒に乗った時に帰りたくないと言ったら、ホテルを取ってくれて、私たち、結ばれました」

まあいい、好きに喋らせよう。

「それから、会社から離れた浅草《あさくさ》辺りの居酒屋で会うようになりました。飲むだけの日もあれば、ホテルに行くことも。そのうち課長の出張についていくようになりました。でも、福岡に一緒に行った時に健太くんが亡くなりました。課長は天罰だと泣きました。私も目が覚めました。課長のことは愛していましたが、これ以上関係を続けてはいけないと思い、会社をやめて実家に帰りました」

「それで、いちょう庵の山岡と見合い結婚したのか」

「そうです」

「中津川で会ったのは偶然なのか？」

「……山岡との結婚生活はヒドいものでした。最初はモラハラ、言葉の暴力でしたが、本当に暴力を振るうようになり、耐えられなくて実家に帰りました。でも、すぐに連れ戻されました。また逃げて友だちを頼ったんですが、やはり連れ戻されました。三度目に逃げた時に課長に連絡したんです。いけないと思ったんですが、他に頼れる人がいなくて。本当に藁《わら》にもすがる思いでした。その時、課長は中津川にいらっしゃったんです。私のことを心配して、すぐに来いと言ってくれました」

「で、中津川で須藤と会っている時に山岡が現れた」

「……ええ」

山岡から逃れて列車に乗ったが、山岡も乗り込んできた。二人はトイレに隠れてやり過ごした。

千帆の夫はトイレの中で千帆に電話をかけている。きっとトイレですれ違った時に信夫の財布をスッたのだろう。

「南木曽駅で降りて、タクシーで花見温泉郷に行き、爽風荘に泊まったんだな」

「そうです。夜遅くに事故のことを知りました。課長は名乗り出るかどうか迷ってました。でも、自分が死んだと報道されると、覚悟を決めて私に言いました。『神様が与えてくれたチャンスだ。これからは二人で生きていこう』」

信じられない。だが、信夫は名乗り出ることなく五ヶ月間ひとみと生活していた。

「嬉しかった。でも、事故に巻き込まれて死んだと思っていた山岡が生きていました。蛇のように執念深い人です。いつか見つかってしまう。私たちはずっと山岡の影に怯えていました」

モラハラ男は支配する相手がいなくなると強烈な孤独感に襲われる。それ故更に相手に執着するという。山岡は心のバランスを保つためにひとみを執拗に追いかけているのだ。

「お前たちは五ヶ月ずっと札幌にいたのか？」

「いいえ。最初は名古屋でした。ホテルに泊まったんですが、課長は列車の中で財布をスられたので一銭も持っていません。キャッシュカードやクレジットカードを持っていても課長は〝死んでいる〟ので使えません。私が下ろした百万円しかなく、ホテルは高いのでウィークリーマンションを利用するようになりました。アパートと違って礼金、保証人が必要ないので」

ドアにノックがあり、ひとみはビクリと振り返った。注文した飲み物を持ってきた店員だった。店員が出ていくと、ひとみは話を続けた。

「名古屋から京都、大阪と転々としました。一ヶ所には一週間単位で。中には一日しかいなかったこともあります」

「どうして」

「京都にいた時でした。課長が怪我をしたんです。車に轢かれそうになった子供を助けて。きっと健太くんのことを思い出して咄嗟に行動したんだと思います。それで病院に運ばれたんですが、課長は保険証を持っていなかったし、身元を調べられると困るので夜中に病院を抜け出したんです。その夜のうちに次の街へ行きました。怪我はドラッグストアで売っている薬で治しました」

「どうやって居場所を決めていたんだ」

「知り合いに会わないように、二人に縁がない街を選んでました。防犯カメラにもなるべく映らないようにしましたし、テレビ中継には気をつけてました」

「なるほど」

「でも、〝死んでいる〟課長との生活は楽しかった」

それは山岡に見つかるかもしれないドキドキのせいだろう。

「でも、課長は〝死んでいる〟ことがストレスだったんでしょうね。知り合いにばったり会っても気付かれないように髪の毛をホワイトブリーチしてたんですが、札幌に来た時には染める必要がないほど真っ白でした」

「持ち出した百万円がなくなったからスーパーで働いたのか?」

「はい。仙台にいる時に初めて働きました。バックヤードだとお客さんに会わないので危険度は低いんです。でも、課長はナーバスになって一日中部屋に籠もるようになりました」

「仕事をしないで?」

「ええ。部屋から一歩も出ずにずっとテレビを見てるんです。食事に出ることもない。私がスーパーでもらってきた惣菜《そうざい》の残りや弁当を食べるんです」

美食家だったあいつがスーパーの弁当とは……。

「課長に初めて殴られたのは……」

「あいつがあんたを殴った？」

信じられなかった。

「本当です。『たまには気分転換に散歩でもすれば？』と言ったらいきなり頰をひっぱたかれました。一瞬なにが起きたのか判りませんでした。あんなに優しかった課長が暴力を振るうなんて。でも、課長はまた殴ってきたんです。山岡に殴られた時のことがフラッシュバックして……私、震えました。逃げたいと思いました。でも、逃げなかった。課長は一時的におかしくなっただけ、すぐ元に戻る、そう信じてたんです。ところが暴力は収まらなくて、私は精神的に追い詰められていきました」

五ヶ月の逃亡生活で信夫は変わってしまったのだろうか？

ひとみの言葉が途切れた。見ると、小刻みに震えていた。

「山岡のことを思い出したのか」

「……はい」

ひとみは恐怖を思い出すのか、時々言葉に詰まった。

「突然スーパーに現れたんです。どうして私の居場所が判ったのか不思議です」

「SNSで見つけたと言ってたぞ」

「SNS?」

ひとみもピンと来ていないようだ。

「山岡が来たとき、たまたま休憩中で外出していました。戻ろうとしてスーパーに入っていく山岡を見かけました。私は山岡が帰るまで隠れていました。山岡は私の兄のふりをして同僚から色々と聞き出しました。私、同僚に弁当を持ち帰る理由を聞かれ、病弱な夫がいると話していました。同僚はそれを話してしまったんです」

「山岡はそれが須藤だとピンと来たわけか」

「ええ。同僚は山岡にしつこく迫られても私たちが住んでいる場所を教えませんでした。私はすぐに帰って課長に話しました。課長は逃げようと言いました。でも……」

「でも、なんだ」

「私、課長とも別れるチャンスだと思ったんです。だから、言ったんです。『あの人の目的は私。これ以上課長に迷惑をかけたくない。私には構わず奥さんのところに帰って下さい』って。ところが課長は首を縦に振るどころか『俺が山岡に会って話をつける』と言い出して。危険だからやめて欲しいと説得しました。課長は判ってくれて一緒に駅に行きました。課長に渡された切符は十勝行きでした。驚いていると、『俺は既に死んでる人間だ。山岡を殺しても捜査の手が及ぶことはない。お前は疑われるだろう。だから実家に帰るんだ』そう言って私を強引に列車に乗せたんです」

ひとみはため息をついた。

「唖然《あぜん》とする私の目の前でドアが閉まりました。課長は笑いました。悪魔のような笑顔でした。……私は実家に帰りました。親は驚きましたが、何も言わずに私を抱きしめてくれました。夜になって課長から電話がありました」

「ちょっと待った。あんたのスマホは俺がホテルで手に入れた」

「課長もスマホを壊して捨てました。私たちは中古のスマホにプリペイド式のＳＩＭ《シム》を入れて使っていました」

なるほど、プリペイド式のＳＩＭなら身分証明書は必要ない。

「それで？」

「課長はひどく荒い息遣いでした。『ほとぼりが冷めたら迎えに行く』そう言って電話を切ったんです。翌日のニュースでその意味が判りました。山岡の死亡推定時刻は夜九時から十時の間。まさに課長が電話をくれた時間でした」

「その話が本当だという証拠は？」

「私、本当のことしか言ってません。私だって課長が殺したなんて信じたくないです」

「須藤の電話番号は？」

「え……」

「何番だ」篠山は高圧的に言った。

ひとみはボソボソと番号を言った。

かけてみたが、呼出音は鳴らず、メッセージが流れた。

〝おかけになった電話番号は現在使われておりません〟

篠山はスマホを突き出し、ひとみに聞かせた。

「どうして⁉」

「さあ、どうしてだろうね」

ひとみは明らかに動揺していた。

第七章

1

家に帰り着いたのは四時過ぎだった。途中新聞配達の自転車とすれ違っただけで、住宅街はまだ寝静まっていた。早紀はマンション入口のドアが開く音も迷惑になりそうな気がして、そっと鍵を差し込もうとした。が、一回では差せなかった。

……酔ってる。

佳奈と二人でワイン三本空けたのだからしかたない。嬉しくてつい飲みすぎてしまった。佳奈の夢に乗っかる形だが、これからの人生の目標ができたのだ。

遺骨のＤＮＡ検査でも夫の生死ははっきりしなかったが、もう生きているという望みは捨てるのだ。

篠山には申し訳ない気持ちで一杯だ。初めて信夫と結ばれた夜、篠山と話して勇気をもらって信夫のアパートに行った。二人の関係を知った篠山は祝福してくれたが、それが本心じゃなかったと判ったのは大学を卒業してからだった。あの時は夫に夢中で篠山の気持ちを考えたことはなかった。

信夫と結婚して付き合いが復活してからも、篠山は学生時代同様友情以上の気持ちで早紀を見守ってくれた。健太が亡くなった時も、信夫の浮気を知って発作的に自殺しようした時にも寄り添ってくれた。もうこれ以上甘えてはいけない。

ちゃんと伝えなければ。明日、会って話そう。

通し営業を終えて佳奈とファミレス、ワイン居酒屋をハシゴし、二十時間近く起きているが、まだ眠くならなかった。

酔いを醒ましたほうが眠れそうだ。ハーブティーを淹《い》れ、リビングのテレビをつけた。

早朝の情報番組。男性キャスターと女性キャスターがニュースをネタに話している。

――山岡さんは東京八王子市の老舗和菓子屋いちょう庵の四代目なんですが、なぜ札幌で殺されたんでしょうか？

――家族の話によると、山岡さんは妻を迎えに行くと言って札幌に向かったそうです。

山岡さんの奥さんは五ヶ月前に家を出て音信不通だったそうです。

——しかし、山岡さんの奥さんは十勝の実家にいらっしゃったんですよね？

——ええ。奥さんを迎えに行ったはずの山岡さんがなぜ十勝ではなく札幌で殺されたのか？　札幌に〝いちょう庵〟の支店はなく、デパートの催事などで販売されることはあるそうですが、山岡さんが行くことはなかったそうです。


視聴者の低俗な好奇心をくすぐるようにキャスターたちの話は続く。

早紀はチャンネルを替えようとしたが、その手が止まった。

……知っている。

いちょう庵。有名だ。でも食べたことはない。そうじゃない、別の知り方をしている。

山岡武志。会ったことはない。ラパンの客でもない。来客名簿を確認しなくても判る。

でも、知っている。

奇妙な感覚。

ハーブティーを飲み、脳が覚醒するのを待つ。

あ……。

不意に思い出した。山岡は、星野ひとみが結婚した相手だ。

健太が亡くなり、夫が裏切っていたことが判ってしばらく経った時だった。夫が結婚披露宴の引き出物を持って帰ってきた。そこに、いちょう庵の銀杏《いちょう》をデザインしたマークがあった。

誰の結婚披露宴なのか、聞いても夫は言葉を濁した。だが、引き出物に添えられた挨拶状でひとみのものだと判った。

「何度も言うが、彼女とは一切関係がない。部下の一人だ。乞われれば披露宴に出席するさ」

信じられない。招待状を送って来るほうも来るほうだし出席するほうもどうかしている。

ひとみは健太の葬儀の受付をしていた。あの時のしれっとした顔が忘れられない。

殺されたのは、そのひとみの夫。胸騒ぎがする。夫が関係しているのではないか。夫は死んでいるのに、何故かそう思った。

点けっぱなしのテレビには山岡の葬儀の映像。寺の外から望遠で撮っているようだ。弔問客に頭を下げるひとみは悲しみに打ちひしがれているように見える。

……私と同じだ。健太の葬儀、夫の葬儀。

ひとみに同情する気持ちは一ミリもなかったが、涙が溢れた。

これ以上見るとフラッシュバックが起きそうだった。テレビを消そうとリモコンに手を伸ばし、固まった。

ひとみの隣に知った顔があった。

篠山。

ひとみに話しかけた篠山は頭を下げ、カメラのほうに歩いてきて画面から消えた。

なぜ篠山が山岡の葬儀に？　山岡ともひとみとも面識がないはずなのに。

篠山にメールした。


――起きたら電話ちょうだい。


早朝だったが、すぐにかかってきた。

「どうしたの？」

「札幌の殺人事件、知ってたんでしょ？」

電話の向こうで絶句するのが判った。早紀は篠山の言葉を待った。冷蔵庫の開閉音が聞こえ、缶のプルトップを開ける音がした。

「ビール？」

「ああ、仕事終わって寝るところだから」

「どうして教えてくれなかったの」

「早紀ちゃん、余計なことを思い出して具合悪くなるだろ」

「……………」

「だいたい俺たちにはなんの関係もないじゃないか」

「だったらどうして葬儀に行ったの？」

篠山はまた絶句した。

早紀はニュースで見たことを話した。

「彼女と知り合いだったの？」

「まさか。殺されたのは、あの女の結婚相手。もしかしたら彼女が殺したのかもしれない。だとしたらどうして殺したのか？　知りたくなった。職業病だな」

本当だろうか？

「朝早くにごめんなさい」

「全然」

「おやすみなさい」と言って電話を切った。酔いはすっかり醒めていた。

2

新幹線の中で眠れると思ったが、無理だった。

早紀の電話のせいだ。まさか、ニュースに映り込み、それを見られたとは。

喉がカラカラになり、ビールを一気に流し込んだ。その場凌ぎの説明に早紀は納得したようだが、喉の渇きは収まらず、そのまま飲み続けた。

ひとみの話は信用できるのか？　山岡を殺したのは信夫なのか。本当にひとみに暴力を振るったのか？　信夫は女性を殴るような男じゃなかった。ましてや人など殺せるわけがない。五ヶ月の失踪生活が信夫を歪ませてしまったのか。

待て。俺は信夫の何を知っている？　そもそも失踪するような男ではない。事故で自分が死んだと報道されれば人違いだと名乗り出るはずだ。家庭的には辛い状況だが、借金もないし、会社でも出世が約束されていた。

だが、信夫は失踪した。

何故だ。

寝るのを諦め食事に出かけようとした。郵便受けに突っ込まれている葉書があった。

芳恵からだった。文面は一言だけ。

「ラストチャンス」

芳恵のことはすっかり頭から抜け落ちていた。

ラストチャンスとはどういう意味なのか？　また不愉快になるだろうが、面会に行くしかない。

ビールを飲むのは新幹線の中までにした。新大阪から和歌山までの一時間半でアルコールは抜けた。

アクリル板の向こうに芳恵が現れた。

「久しぶりね、篠山さん。もう会えないかと思った」

胸を強調するように腕を組んで身を乗り出す。

「……色々忙しくて」

「私に関心なくなっちゃった？」

媚を含んだ声。

「関心がなかったら来ませんよ。今日が最後ってどういう意味ですか？」

「私、結婚するの」

耳を疑った。

「誰と」

「ふふ、誰だと思う？」

受刑者にも一般人と同じく婚姻の自由が認められている。実際に何人ぐらい獄中結婚しているかは判らないが、元々付き合っていた相手と結婚するケースが多いのではないか？刑期が長く、待ちきれずに籍だけ一緒にするパターンだ。芳恵の場合は夫を殺したのだからそれはない。不倫相手も考えられるが、芳恵に男の影はなかった。

ということは、刑務所に入ってから知り合った相手か。

「そうよ。結城勇《ゆうきいさむ》」

「なんだって！」

結城勇はジャーナリストで、殺人事件に関するルポを数多く書いている。結城も芳恵を取材していたのか。

しかし、彼は結婚している。相手は吉田真奈美《よしだまなみ》。後妻業の女として一時期注目を浴びた。資産家と結婚を繰り返し、四人を殺している。死刑が確定して五年近く経ち、そろそろ刑が執行されるのではないかと噂《うわさ》されている。

死刑囚は死刑確定後は面会が制限されるため、支援者が面会の機会を確保するために結婚するケースが多い。結城の結婚は取材目的だと非難されたが、「彼女を愛している」と言い切った。彼が執筆した彼女の告白本は嫉妬するほど面白かった。

「吉田真奈美とは別れたって」

「あいつはあんたなんか愛しちゃいない。メシの種だぞ」

「あなたが言う？」

「――」

「私があの人を愛してるんだから問題ないでしょ。途中でキレたりしないで私の話を聞いてくれるし、きっと素敵な本にしてくれると思うの」

……芳恵は吉田真奈美から結城を奪い取った優越感に浸っている。結婚が公になれば、吉田真奈美以上に注目を浴びるだろう。

怒りで頭がクラクラする。結局振り回されただけか。

芳恵が大仰な仕草で顔を覗き込んできた。

「あの時の私だ」

「どういう意味だ」

「夫を殺そうと決めた時、鏡の中の私は今のあんたと同じ目をしてた」

「――」

「でも、あんたが殺したいのは私じゃない。あんたの人生を邪魔している人間」

刑務官が面会時間の終わりを告げた。

「ああ、最後だから教えてあげる。あんたの推察通り、夫を殺したのは私の人生の脚本を勝手に書き換えたから。じゃあね」

芳恵は笑顔を残して出ていった。

篠山はしばらく動けなかった。

*

「予約した長崎です。長崎優子」

「お待ちしておりました」

土曜日のランチ。三十歳前後の女性四人グループを席に案内する。昨日予約をもらった初めての客だった。

メニューを渡し、食前酒を勧める。

「泡！」

「私も」

二人はＯＬだろう。

「ノンアル、何かありますか?」

OLの二人が「飲めば?」と言ったが、その女性は断った。きっと子供がいる主婦だろう。

「オレンジジュースを」

最後の女性はメニューに目を落としたまま言った。

彼女の職業は……判らない。

「ご用意しますね」

と、カウンターに戻ったが、最後の女性が気になった。食事を楽しもうという雰囲気が感じられない。顔がはっきりと判らないが、どこかで会った気がする。

食前酒を運び、料理の注文を受けながらさりげなく窺ったが、女性は明らかに早紀の視線を避けていた。

満席の客の対応に追われ、彼女たちのテーブルは根岸が担当することになった。

「早紀さんのご主人の会社って国重物産だっけ?」

根岸から唐突に聞かれて戸惑った。

「彼女たち、社員とOBだってさ」

驚いて彼女たちを見ると、じっとこちらを見据える目があった。

思い出した。

ひとみだ。

何故彼女がラパンに？　偶然だろうか？

「ごちそうさまでした」

会計を終えると女性たちは口々に「美味しかった」と言ったが、ひとみは何も言わずに早紀を見ている。その視線には悪意と敵意が混じっている。

「……ありがとうございました」

「美味しかったです。またお邪魔します」

ひとみは最後にそう言った。微笑みながら。

*

「ひとみが来た？」

電話を通して早紀の動揺が伝わってきた。

ひとみが早紀に会いに行った目的は何だ。

ひとみは失踪生活で信夫に幻滅し、山岡が殺された日に別れた。信夫はほとぼりが冷めたらひとみを迎えに行くと言ったという。ひとみは信夫とやり直す気はなく、自分に近づかないように伝えてくれと篠山に頼んだ。

やはりおかしい。

ひとみが信夫を避けたいのなら警察に何もかも話せばいい。ひとみは事情聴取を受けている。その時に話していれば、信夫の生存は確認され、殺人容疑で指名手配される。早紀にも事情を聞きに来るはずだ。

なぜひとみは警察に話さなかったのか。

……なるほど、そういうことか。理由が見えてきた。

ひとみに電話したが出なかった。だったら行くしかない。

篠山の姿を認めると、接客中のひとみの笑顔は一瞬で強張った。

「ラパン、美味しかったろ？」

「……ご用件はなんですか？」

ひとみは奥にいる姑を気にして声を押し殺した。

「あんた、須藤を探してるんだな」

ひとみの目が泳いだ。

「あんたがあいつをイヤになったんじゃない、あいつがあんたをイヤになったんだ。あんたは連絡を待っていたが、梨《なし》の礫《つぶて》だ。もしかしたら家に戻ったのかもしれない。それを確かめるために早紀ちゃんに会いに行った。違うか？」

ひとみは息をするのを忘れたようだ。

「あんたは須藤に捨てられたんだ」

「違います！」

ひとみが気色《けしき》ばんだ。

その声に姑が出てきた。

「いらっしゃいませ」

姑はひとみの様子を気にしながら篠山に笑顔を向けた。

「じゃあ、これ、いただけますか？」

篠山は一番安い和菓子の詰め合わせを買った。

「ありがとうございます」

篠山はひとみと姑の営業用の笑顔に見送られて、店を出た。

近くの公園のベンチで買ったばかりの和菓子を食べる。

ひとみはどうでもいい。信夫の居場所が知りたい。

男が二人、こちらにやってくる。初老の男と三十前後の男。目付きが鋭い。

ピンと来た。

「篠山良平さんですね？」

男たちは警察手帳を見せた。やはり。

「山岡武志さんをご存知ですね？」

初老の刑事が聞いてきた。

「ええ」

篠山は動揺することなく答えた。

「殺されたこともご存知なんですね？」

「刑事さんたちがやってきた理由も判ってますよ。通話記録に私の名前があったんでしょ？　ずいぶん時間がかかったじゃないですか」

初老の刑事が苦笑して質問を続けた。

「山岡さんが殺された夜、あなたも札幌にいらっしゃいましたね？」

「ええ。ホテルも調べがついてるんでしょ？」

「はい」

「あの夜、山岡さんに会ったんですね？」

「会ってません」

若い刑事が口を開いた。

「ではなぜ何度も電話をかけ、わざわざ札幌まで行かれたんですか」

「取材ですよ。私の職業もご存知なんでしょ？　老舗の後継者たちを取材してるんです。山岡さんは忙しい方なので、東京より地方にいらっしゃる時のほうがゆっくりお話が聞けると思ったんです」

初老の刑事は黙って篠山の心の動きを見抜こうとしている。そうはいかない。事情を聞かれた時の準備はしてあった。

「山岡さんが殺された時間、私は札幌の街をぶらついていてアリバイはありません。でも、私に彼を殺す動機がありますか？」

「……今のところ見つかっていません」

篠山は苦笑してみせた。

「今のところ、って……」

「今日いちょう庵にいらっしゃったのも取材ですか？」

「ええ。老舗和菓子屋の後継者が誰になるのか興味がありますから」

「三月二十日に中津川に行かれてますね？　それも取材ですか？」

……中津川に行ったことも摑んでいるとは。

「別です。あの列車事故で親友が亡くなってるんです。彼を偲《しの》ぶために行きました」

「そうですか」

初老の刑事が若い刑事を促した。

「またお話を伺うかもしれません。ご協力のほどよろしくお願いします」

頭を下げて行きかける刑事たちに篠山は声をかけた。

「まだ有力な容疑者が現れていないんですね？」

刑事たちは答えずに行ってしまった。

ホッとした。警察は信夫と山岡の関係は摑んでいない。現場に指紋が残っていても、前科がない信夫の指紋と照合はできないだろう。前科どころか信夫は〝死んでいる〟のだから疑いようがない。

警察がひとみを疑っている様子もない。ひとみの、実家にいたというアリバイも確認されたのだろうか？

しかし、警察の捜査能力を見くびってはいけない。まさか中津川に行ったことを摑んでいたとは。これ以上ひとみに近づくとまずいかもしれない。

いや、もうひとみに用はない。信夫の居場所を知らないのだから。

3

都心に戻る電車はほぼ満員で、乗客のほとんどがスマホをいじっている。

目の前の女子高生はゲーム、隣のサラリーマンはメッセンジャー、子連れの女性はSNSをやっていた。

SNS……そうだ、山岡はひとみを見つけるためにSNSを使ったと言っていた。

SNSでどうやって見つけたのだろうか？

篠山は家に帰るとパソコンを開き、SNSのアカウントを作った。

興味のある人をフォローしましょうと、有名人が数人表示された。

誰もフォローしなくても検索はできるはずだ。

〝須藤信夫〟を検索してみる。

すると、〝話題のコメント〟〝全てのコメント〟〝ユーザー〟などの項目が表示された。

〝話題のコメント〟も〝全てのコメント〟も同じものが三件表示されただけだった。須藤信夫という〝ユーザー〟は六人。どれもフォローもフォロワーもゼロの放置アカウントだった。

〝山岡ひとみ〟を検索してみる。

〝山岡ひとみ〟を含んだコメントはかなり表示された。

そのほとんどは同姓同名の別人のものだった。

画面をスクロールすると、不意にひとみの写真が出てきた。

写真にはコメントが付けられている。

——妻が家出をしました。妻は乳癌《にゅうがん》で余命半年を宣告されています。もしかすると自殺するかもしれません。妻をお見かけになった方は連絡下さい。お願いします、助けて下さい。妻の名前は山岡ひとみです。

山岡に間違いない。

コメントの下に投稿がぶら下がっている。SNS用語で〝リプライ〟というらしい。

「大阪の堺市《さかい》にいた」

「金沢で見かけた」

「似た人がいたから声をかけたが逃げてしまった」

などなど、全国各地から情報が集まっていた。

ほとんどがガセだろう。本当に見間違えたのか、面白がってのリプライなのか？　山岡は膨大なリプライを一つずつ確認していったのだろう。そして、執念で二人を見つけ出した。

同じ手を使おう。

篠山は信夫の写真をアップした。去年ホームパーティで撮った、ワインを片手に微笑む、一番あいつらしい写真。

――40歳。身長175センチ、体重71キロ。情報求む。

探している理由などは一切書かず、情報だけを添えた。

そのせいか、反応はなかった。ＳＮＳはフォロワーが多いほど情報発信に有利だ。フォロワーを増やす必要がある。著名人をフォローし、メンションを送って他のフォロワーに自分の存在を認識させるのがいいらしい。

しかし、ライター仲間や編集者にもＳＮＳをやっている人間は多い。彼らに知られるとマズい。なぜ死んだ人間を探しているのか詮索されてしまう。何より警察に知られてはならない。

篠山はSNSの登録名を変えた。信夫にだけは篠山と判る名前に。

〝山篠健太〟

そして改めて山岡のSNSをチェックしてみた。

ひとみに関するコメントには、#というマークがついていた。ハッシュタグというらしい。

#人探し
#探してます
#家出人
#行方不明

タグ付けされたフレーズをクリックすると、同じタグが付いたコメントが表示される。

篠山は信夫の写真にタグ付けをして再びアップした。

すぐにリプライが来た。

「この男がどうかしたのか?」

「もっと情報がないと」

「人探し、請け負いますよ。値段は要相談」そんな怪しいリプライもあった。

しばらく放置し、仕事をする。

リプライがあったことを知らせる通知音が何度か鳴っていた。

短い原稿を書き上げると再びＳＮＳ画面に切り替えた。

ダイレクトメッセージだった。

――投稿を削除しろ。

発信者のＩＤは、〝ＮＳ〟。須藤信夫の頭文字だ。

――須藤だな？

メッセージを送ろうとしたがダメだった。相互フォローしていないと送れない設定にしているようだ。

――メッセージを送れない。フォローしろ。

程なく信夫は篠山をフォローし、メッセージを送ってきた。

――早く削除しろ。

――どこにいる。会おう。

――削除が先だ。

――削除したぞ。電話を寄こせ。

だが、信夫から返事はなかった。何度もメッセージを送ったが、梨の礫だった。

クソッ！　無視するつもりか。もう一度写真をアップしようと思ったが、やめた。フォロワーが少ないとSNSは強力な武器にはならない。爆発的に〝いいね〟が増えてバズることもあるが、悪目立ちしてしまい諸刃《もろは》の剣《つるぎ》だ。

何か方法はないのか？

篠山は翌日再びいちょう庵を訪ねた。

にこやかに接客していたひとみは露骨に嫌な顔になった。

「……いらっしゃいませ」

篠山は黙ってメモを渡した。

ひとみは怪訝そうに受け取ったが、そこに書かれている英数字がSNSのアカウント名だと気づいた。

「連絡取りたいんだろ？」

ひとみは他の店員を気にして首を振ると、

「あの人と関わりたくありません」

「じゃあこれはいらないんだな」

篠山はひとみの表情を窺いながらメモを取り上げた。

ひとみは目を逸らした。

「失礼しました」

篠山はメモを丸めるとゴミ箱に捨て、店を出た。

「ありがとうございました」

背中で聞くひとみの声は震えていた。

篠山は帰宅するとパソコンを立ち上げ、ＳＮＳにアクセスした。

やはり。

信夫のアカウントにメンションがあった。

——私です。メッセージを送りたいのでフォローして下さい。

ユーザー名も設定していない英数字だけのアカウント。ひとみに間違いなかった。予想通りだ。ひとみは篠山が出ていくとゴミ箱からメモを拾ったのだ。

翌日再びＳＮＳを開くと、ひとみが信夫のアカウント宛てに何十ものメンションを送っていた。

――連絡下さい。

――連絡して下さい！

信夫は無視を決め込んでいる。

――フォローして下さい。

――どうして連絡してくれないの！

十分おき、いやそれ以上の頻度で書き込んでいる。異常だ。パソコン画面からひとみのヒステリックな声が聞こえてきそうだ。

——私を裏切るの！

4

昼の営業が終わったラパンに、いつものように静かな時間が訪れる。

笹森と井上は従業員控室で仮眠を取り、佳奈は厨房でまかないに何を作ろうか考えている。

早紀は紅茶を飲みながら予約台帳を確認し、夜の賑わいを想像していた。

不意にイメージが過った。「またお邪魔します」と帰り際に微笑んだひとみ。

早紀は心を落ち着かせるためにワイングラスを洗い始めた。

大きめのマイクロファイバー製のクロスで包み込む。風呂上がりの赤ちゃんをバスタオルで拭くように、優しく撫でるように水分を拭き取り、磨き上げていく。心配ごとがあっても、嫌なことがあっても、この時だけは心が穏やかになる。はずだった。

パリン。

ボウルの飲み口が割れた。知らず識《し》らずのうちに力が入ってしまった。

……ひとみはなぜラパンに来たのか。

早紀と話すのが目的ではない。ひとみは早紀に話しかけようとしないどころか、早紀に気づかれないように目を逸らしていた。ところが最後に声をかけると、「美味しかったです。またお邪魔します」と早紀を見据えて挑発的に言った。

根岸が出勤し、笹森と井上が控室から出てきた。

「腹減った！」

井上が厨房を覗いて佳奈に催促した。

「今出ます！」

「蕎麦屋の出前か！」

井上の軽口が終わらないうちに佳奈が両手に皿を持って出てきた。

「今日はオムライスです！」

テーブルに並べられたオムライスは流行りの半熟のものではなく、オーソドックスな薄焼き卵に包まれたものだった。卵に焼きムラがなく、黄金色《こがねいろ》のドームを思わせた。早紀は食欲をそそられたが、井上は不満そうだった。

「一昨日もオムライスだったよね？」

「いいじゃないか、佳奈のオムライスを食べられるのももう何回もないんだから」

と、笹森が言った。

「ちょっと待って下さい。来週にもやめそうな言い方じゃないですか。まだまだオムライス作りますよ！」

佳奈は十二月のパティスリー開店の準備のため、八月一杯でラパンをやめる。

「早紀ちゃんはいつまでいてくれるんだっけ？」

根岸が残念そうに聞いた。パティスリーの共同経営者になることは一週間前に笹森に話した。

笹森はしばらく絶句したが、早紀の人生を応援すると承知してくれた。すぐに代わりになるスタッフの募集を始めたが、まだ見つかっていない。

「じゃあ代わりが見つからなかったらずっと働いてくれるんだよね？」と、根岸。

「そんなわけにはいかないよ。店を出すのってかなり大変だよ」と、井上。

笹森は八月でやめていいと言ってくれたが、せめて十月までは働きたいと思っている。

「ま、とにかく食べよう！」

笹森の言葉に五人がオムライスを食べ始めた。

「お！　具はチキンじゃなくてうずらか？」

根岸がライスの中から肉をかき出し、スプーンの上に乗せて眺めた。

「はい、昨日余ったものを使って親子オムライスにしました」

「親子？　卵の親は鶏《にわとり》だろ？」

「よく見て下さい」

佳奈はいたずらっぽい顔で言った。

「あ、ホントだ」

オムライスの中にうずらの卵を発見した井上が笑い出した。

あと数ヶ月で終わるまかない風景に和みつつ、早紀は決意を固めた。

これ以上ずるく振る舞ってはダメだ。篠山は真剣に考えてくれている。その気持ちに応えなければ。

＊

翌日もその翌日も信夫からメッセージは返ってこなかった。

警戒しているのだろう。篠山はもう一度メッセージを送った。

――須藤、色々と困ってるだろう？　俺はお前の力になりたいんだ。

――気づいていると思うが、ひとみが暴発しそうだ。お前が生きていることを警察にタレ込むかもしれない。山岡を殺したのもお前だと言っている。

――彼女にはアリバイがあるが、俺は彼女が犯人だと思ってる。お前を助けたい。連絡くれ。

原稿を書いていると、スマホが震えた。信夫からの返信と思って飛びついたが、早紀からのメールだった。

――近いうちに会えませんか？　ラパン以外で会いたいです。

――今夜は？

――十時過ぎでよければ。

篠山は行きつけのバーを指定した。いつも空いていて内密な話をしやすい。

早紀が会いたい理由は一つしかない。プロポーズを承諾するためだ。

あの時、早紀はすぐに返事をしなかった。篠山のプロポーズが唐突だったからだ。早紀は人生を書き換えなければならないと判っている。その後早紀は佳奈のパティスリーの共同経営者になると決めた。知った時はショックだった。事前に相談して欲しかった。だが、仕事のパートナーと人生のパートナーは別だ。

早紀は時間通りにやってきた。

いつもの笑顔でカウンターの隣に腰掛けた。

「仕事、大丈夫？」

「ああ」

大した仕事はしていない。たとえ数時間後に〆切《しめきり》だろうが、早紀のためなら時間を作る。

早紀は紅茶を頼んだ。

「あれ？　飲まないの？」

「シラフで話したいから」

そうだよな、と思う。こちらもちゃんと受け止める。

ノンアルコールで乾杯をする。

早紀は佳奈のパティスリーの話をする。彼女が作るケーキがいかに美味しいか。全く興味のない話。

大学の近くにあった喫茶店の話になった。レモンタルトが美味しい店だった。早紀に付き合わされ、何度も行った。

早紀はしばらく大学時代の思い出話を続けた。

……なぜ。

信夫の話になった。

「篠山くんがいなかったらあの人を好きにならなかったし、結婚することもなかった」

「俺がいなきゃよかったのかな」

「え？」

「早紀ちゃんがあいつと結婚しなきゃ、健太が死ぬことも、あいつが死ぬこともなかったんだよな」

早紀の不幸に同情して言ったが、真顔で否定された。

「ううん、あの人と出会えてよかったし、健太とも出会えてよかった。もちろん、篠山くんとも出会えてよかった。私の人生の脚本を書いた人に感謝してる」

早紀の目が潤んでいた。

「でも、これからは自分の書いた脚本で生きたい」

つまり、俺といる人生。

「篠山くん、これまでありがとう」

そしてこれからもよろしく……と続くと思った。

「これからは、篠山くんに頼ることなく生きていく」

「え⁉」

思いも寄らない言葉だった。

近くにいると甘えてしまう。だからもう会わない。早紀はそう付け加えた。

それから早紀と何を話したのか、全く覚えていない。気がつくと焼けた砂の上を歩いていた。叩きつけるような熱波が頭上から襲いかかる。息をするたびに喉が焼ける。

水！

水！

不意に目が覚めた。頭の上でスマホが震えていた。

悪夢から救い出してくれたのは、信夫からのメッセージだった。

――助けてくれ。

水をがぶ飲みし、信夫のメッセージを読み返す。

そして早紀のことを思う。早紀はまだ信夫を思っている。そうじゃないと「これからは篠山くんに頼ることなく生きていく」なんて言うはずがない。

自分の役割を考える。信夫を見つけ出し、早紀の許に返してやるのが俺の役割なのだろうか？　そうするとどうなる？　またもとの関係に戻る。早紀と信夫の幸せな生活を見守る。理解ある友人として。金もなく、他に好きな女もいない。早紀のことは二十年以上思い続けたんだ。今更……今更……無理だ。

そうだ、遠くに行こう。海外か。日本語が通じない場所で俺にどんな仕事ができるんだ。

今更……今更……。

信夫に返信する。


――会おう。どこにいる。

すぐに返事が来た。


――高崎《たかさき》だ。

――群馬県のか。

――そうだ。来てくれ。

――判った。四万川《しまがわ》ダムはどうだ。

――いいな。

――今夜六時。

――判った。

――早紀ちゃんに会うことを話していいか？

――やめろ。

――ああ、お前は死んでるんだもんな。


返事はなかった。

そうだ、信夫は死んでるんだ。

死者よ、驕《おご》るなかれ。

塵《ちり》にすぎないお前は塵に返れ。

都心から四万川ダムまでは三時間見ておけばいいだろう。ベッドから抜け出そうとしてふらついた。まだ酒が残っている。これでは運転できない。サウナに行き、水をがぶ飲みして汗と一緒に酒を絞り出した。

混濁した頭が徐々にクリアになっていく。

自分は何をやるべきか、見えてきた。もう迷わない。

レンタカーを借りた。ホームセンターに寄り、必要なものを買い込む。

そして関越《かんえつ》自動車道に乗り、北上する。渋滞することなくスムーズに流れている。約束の時間よりかなり早く着きそうだ。〝隠し場所〟を探しておいたほうがいいだろう。

渋川伊香保《しぶかわいかほ》ＩＣで降りて、国道17号、２９1号、３５3号と進む。

中之条町《なかのじょうまち》を過ぎると道の両サイドに山が迫り、空が狭くなる。交通量も極端に少なくなった。この先に向かうのは四万温泉と四万川ダム、ダム湖の奥四万湖の観光客ぐらいだろう。

陽は山に隠れ、空は青からオレンジ色に、そして灰色に変わり、急速に明るさを失っていく。

駐車場に車を停めると、数台いた他県ナンバーの車が走り去っていった。

車の外に出ると、樹々の緑と夜の匂いが漂っていた。

信夫はまだ来ていない。

時間を確認する。もうすぐ十八時だ。

5

最初の予約は十九時だったが、十八時に〝営業中〟の札を入口にかけた。

十五分にドアが開いた。男性の一人客。カウンターでいいよと言ってくれる。

男性客はグラスでスパークリングワインを頼んだ。

篠山を思い出す。もう篠山とラパンや居酒屋、バーで飲んでたわいのない話をすることはない。これ以上甘えてはいけない、篠山にも失礼だからと別れを告げた。

後悔しそうになるけれど、リセットしなければ。夫のことも、健太のことも。もちろん忘れはしない。忘れられるわけがない。でも、これから新しい人生を始めるのだ。

ドアが開き、新しい客が入ってきた。

ひとみだった。

「すみません、今日は予約で満席なんです」

空いているテーブルはあったが、反射的に言ってしまった。

「少しお話ししたいんですが……」

ひとみは消え入りそうな声で言う。前回と違って落ち着いた表情で、敵意は感じられなかった。それでも本能的に拒絶したかった。

「ダメでしょうか？」

助けを求めて笹森を見ると、許可を求めているように思われたのだろう。十五分だけという約束で向かいのバーでひとみと向き合うことになった。

「……どういったご用件でしょうか？」

「私、ずっと謝らなければならないと思っていました。国重物産で働いていた時のこと」

……夫との不倫のことを言っているのだ。

「お子さんが亡くなった日に課長と一緒にいたこと、本当に申し訳ありませんでした」

答えに困る。あの時の許せない気持ちが甦ったが、今更とも思う。

「お線香を上げさせていただけますか？」

遺骨は自宅にある。DNA鑑定は判定不能だった遺骨が。

「え？　お墓ではないんですか？」

「ちょっと事情がありまして……」

「そうですか、ご自宅に……。では、ご自宅に伺ってもよろしいでしょうか？」

正直抵抗があった。

「お墓に納め直しますので、それからお願いします」

「判りました。いつ頃の予定ですか？」

「まだ決めていませんが、今年中には」

「それまではご自宅にいらっしゃるんですね」

自宅にいるという言い方に引っかかったが、頷いた。

「そうですか……」

ひとみはため息をついて考え込む。その様子に、テレビで見た葬儀の様子を思い出した。

「ご主人のこと、大変でしたね」

同情心からの言葉だった。もし夫が事故ではなく殺されていたとしたら、私は立ち直れないだろう。

「どうでもいいんです」

ひとみは吐き捨てるように言うと、バーを出て行ってしまった。

早紀は呆然と見送った。

＊

約束の時間を三十分過ぎてスマホが震えた。

「どこにいる」

「え？」

早紀の声だった。電話越しに戸惑いが伝わってきた。篠山は慌てた。

「あ、いや……早紀ちゃんだったのか。画面表示見ずに出たから」

「誰かの電話を待ってたの？」

「ん……ああ」

しかし、なぜ早紀が電話をかけてきたんだ。

「ごめんなさい、もう頼ってはいけないんだけど……」

構わない。早紀が頼れるのはこの世に一人だけになるんだから。

「さっき、ひとみさんが店に来たの」

……嫌な予感がする。

「話をしたの？」

「ええ」

「大丈夫だった？」

「え？」

「彼女、ちょっとおかしい」

「そうなの。何をしにきたのか判らなくて。夫との不倫を謝っていたけど、それが目的とは思えなくて」

……信夫が生きていることを話したのか？　いや、話していたら早紀はそれを聞くはずだ。

「篠山くん、なにか知ってるの？」

わずかな沈黙が早紀に疑問をもたせた。

「なにかって？」

「判らないけど」

……判らなくていい。早紀は何も知らないほうがいい。

＊

「ああ、よかった。やっと電話が通じた。課長、今どこにいるんですか？」

『……言えない』

「どうしてですか？　会いたいです」

『俺も会いたい。だが、まだ危険だ。キミが十勝に戻ったのが翌日だとバレたら警察はしつこく調べるだろう。キミは大丈夫かもしれないが、ご両親が本当のことを言ってしまうかもしれない。もしそうなったらキミは容疑者として取り調べられることになる』

「それでも構いません。会いたい」

『……そうか、私が自首すればいいのか。そうすればキミへの疑いは晴れる。山岡を殺したのは私なんだから』

「ダメです。私たち、二人して幸せにならなければいけないんです」

『だったら我慢してくれ。今は行動を慎むべきだ』

「……はい。じゃ……」

『待ちなさい。少し話をしよう』

「大丈夫なんですか？」

『ああ。私と出会う前の話をしてくれ』

「……私がお腹の中にいる時、父は中絶しろと言ったそうです。女は育てても嫁に行ってしまう金食い虫だから。父は三人目も男を期待、いえ男じゃなきゃダメだと思っていたんです。……母は反対を押し切って私を産んでくれました。物心つくと自分が歓迎されない人間だと判りました。でも、私の居場所はそこにしかなかった。家族に自分を認めて欲しいと思い、父や兄たちの手伝いをしました。でも、足手まといになるだけでした。私ができる唯一の貢献は結婚。星野家の商売にメリットのある結婚をしてほしいと、家族全員そう思ってました。高校生になり、やっと家族の外にも世界が広がっていることを知りました。私は反対を押し切って東京の短大に進学し、卒業しても十勝に帰らず東京で就職しました。東京での生活は田舎の息苦しさがなくて快適でした。……そのうち淋しくなってきました。誰かに必要とされたい。誰かに星野ひとみという人間を認めて欲しい。だから仕事を頑張りました。でも、評価されなかった。同期の男の子たちは同じことをやっても評価されるのに……。誰かを好きになり、その人に愛されたかった。同年代と付き合ったことはありますが、みんなセックスをするために愛を口にするだけ。でも、課長は違いました。大人でした。一緒に仕事をして、一緒に食事をして、一緒にカラオケ……それだけで幸せでした。でもあんなことがあって私は会社をやめ、山岡と見合い結婚しました。あの男の初めて会った時の舐め回すような視線を思い出すと今でも鳥肌が立ちます。それでも結婚したのは恋愛と結婚は別だと母に聞かされたからでした。母も父と初めて会った時に苦手な人だと思ったそうです。でも、四十年以上一緒にいます。でも、無理でした。このままだと心も体も殺されてしまうと思い、課長に助けを求めました。……それからずっと一緒ですよね、課長」

無言。

「課長……今どこにいらっしゃるんですか？」

答えない。

「駅で別れる時、また会う約束しましたよね？　どうしてスマホを替えたんですか？　もしかして、課長の親友に嘘を言ったことを怒ってるんですか？　課長は私に暴力など振ってません。それどころか指一本触れてくれなかった。どうしてですか？　……このまま消える気ですか？　ダメです。私、会いに行きます。課長がどこにいるか判ってます。奥さんがヒントをくれました」

受話器の向こうから信夫の声は聞こえない。聞こえるのは、録音された女性のアナウンス。

「おかけになった電話番号は現在使われておりません」

※

車の音がした。目をやると、わずかに残った空の明るさに一台の車がこちらに向かって来ているのが判った。

車は駐車場の入口で停まり、後部座席から影が一つ降り、車の屋根の一部が光った。タクシーだ。

人影が近づいてくる。信夫に間違いないはずだが、仄明《ほの》かりが残る空をバックにしたシルエットは、篠山が知る信夫のそれではなかった。

が、やはり信夫だった。随分と痩せて頼りなく見える。顔がはっきり見えるようになると更に驚いた。髪はごま白からすっかり白くなり、頬がこけて眼光が鋭く見えた。

「幽霊じゃないんだな」

篠山は冗談めかして言ったが、信夫は黙っている。

「苦労したんだな」

「……助けてくれるのか？」

「お前は大切な友だちだ」

「………」

「死人のまま生きるのは辛かっただろう？　保険証もない、免許証もない、クレジットも銀行も無しで生きてきたんだろ？　生き返りたいよな？」

信夫は天を仰いでため息をついた。

「山岡を殺したのはお前なのか？」

「違う」

「ひとみが言ったぞ、課長は私を守るために山岡を殺したんだ、って」

「違う」

「山岡が泊まってるホテルに一人で行ったんじゃないのか？」

「ああ、行った。だが殺すためじゃない、話し合うためだ。部屋に行くとドアが開いていた。中に入るとあの男が死んでいた」

「本当か？」

「お前に嘘をつく必要はないだろ？」

「ああ、俺たちは親友だからな」

信夫は頷いた。表情がほぐれてきた。

「お前が殺していないと誰か証明できないのか？」

「呆然となっているとひとみが入って来た」

「お前はホテルに行く前にひとみを十勝行きの列車に乗せたんじゃないのか？」

「帰れとは言ったが駅には送ってない」

……やはりひとみは信用ならない。

「山岡はベッドで死んでいた。首にナイフが突き刺さっていた。俺は動けなかった。ひとみは山岡の死体を見て言った。『私のために殺してくれたのね！』俺は否定しようとしたが、ひとみは俺に抱きつきキスしてきた。昂奮していた。俺は彼女の頬を叩いた。我に返ったひとみは『逃げましょう！』と言った。俺は部屋を出た。だが、ひとみはすぐに出て来なかった。振り返ると彼女はナイフを抜こうとしていた。俺が殺したと思い、証拠を隠滅しようとしたんだ。やめさせようとしたが、ひとみはもう血まみれのナイフを手にしていた。俺はナイフを奪うとバスルームにあったタオルにくるみ、ひとみを引っ張って部屋を出た。中津川で山岡から逃げた時と同じように非常階段を使ってホテルを出た」

「ひとみはいつ実家に戻ったんだ」

「翌朝の始発だ」

「犯行時刻に実家にいたというのは両親が口裏を合わせたということか」

「ああ。彼女を十勝行きの列車に乗せ、俺は小樽《おたる》に行って凶器のナイフを海に捨てた。どこの誰だか判らない殺人犯のために証拠を隠滅してやったんだ」

信夫は自嘲した。

「いや、山岡を殺したのはひとみだよ」

「確かに彼女には動機がある。だが、彼女がホテルに現れたのは俺より後だ」

「先回りして殺したんだ。彼女がナイフを摑んだのはお前を犯人と信じたからじゃない。彼女の指紋がべったりとついていたからだ」

「………」

「ひとみはお前に執着され、逃げたかったと言っていた」

「違う」

「ひとみがお前に執着してたんだよな？」

「そうだ。何度も別々に行動しようと言ったがダメだった」

「彼女はお前に山岡殺しの罪を着せ、名乗り出られないようにしたんだ。お前とずっと一緒にいるためにな。だが、アリバイを作る必要があり、十勝に帰った」

「彼女と別れるチャンスだった。スマホを捨て、連絡を断った」

「彼女の話は最初から嘘だったんだな」

「何の話だ」

「列車事故の日のことだ。家を出てお前に連絡すると、中津川に来いと言われた、と」

「彼女が突然中津川に現れたんだ。しかも同じホテルに部屋を取っていた」

「お前の行動を調べていたんだな」

「毎月最後の週末は母に会いに行っていたからな。しかし、中津川で会った時は調べているとは思わなかった。山岡がいきなり現れたから彼女を庇って逃げるしかなかった」

「ホテルで山岡を撒《ま》いた」

「塩尻の友人のところに行くという彼女を駅に送ったが、不安なのでついてきて欲しいと懇願された。荷物をホテルに残してきたことが気にかかったが一緒に列車に乗ったんだ」

「俺と早紀ちゃんが確認した遺体はお前の財布を持っていた」

「それで俺が死んだと断定されたのか」

「ああ。お前と間違われた男はスリだったらしい」

「じゃあ あの時にスられたのか。山岡が列車に乗り込んできたからトイレに隠れたんだ。だが、車両は六両しかなかった。見つかるのも時間の問題だった。列車が南木曽駅に臨時停車した時、俺たちはトイレを出た。その時に男とぶつかった」

「山岡は南木曽駅でお前たちが降りたことに気がつかず、そのまま列車に乗って事故に巻き込まれた。だが、悪運強く生き残ったってわけだ」

「………」

「お前はテレビのニュースで自分が〝死んだ〟と知ったんだな？」

「そうだ」

「どうしてその時名乗り出なかったんだ」

信夫は答えず空を見上げた。既に昼の名残《なご》りはなく、漆黒《しっこく》の闇が広がっている。星が見えないのは曇っているからだろうか？

「……判らない」

「健太が死んだせいか？」

信夫は虚空を見ている。

「夫婦仲が冷え切っていたからか？」

沈黙。

「何かやらかして会社をクビになりそうだったわけでもないだろ」

信夫は答えなかった。いや、答えを探していた。

沈黙が続いた。

「このまま死んだままでいるつもりか？　早紀ちゃんの許に戻ればいいだろ？」

「……京都にいる時に交通事故を目撃した。母親の目の前で幼い子供が何メートルも飛ばされた。俺は救急車を呼び、病院まで付き添った」

健太の事故と同じ状況だ。

「母親は手術室の前で跪《ひざまず》き、ずっと祈っていた。……子供は助からなかった。母親は泣き崩れた。あの母親に向かって『子供が死んだのはお前のせいだ』なんて言えるわけがない。だが、俺は言ってしまったんだ。それがどんなに早紀を傷つける言葉なのか、想像力が足りなかった。優しさが足りなすぎた。早紀が俺を許せない気持ちが初めて判った」

「ちょっと待て。『お前が手を離さなければ』って、早紀ちゃんが助かってよかったって意味じゃなかったのか？　前にそう言ったよな」

「ああ。お前から伝えてもらい、早紀の心の傷を少しでも癒やそうと思ったんだ」

その言葉を早紀には伝えていない。が、無性に腹が立った。

こいつは、親友の俺に嘘をついた。

不意に二十数年前のことを思い出した。こいつは紳士協定を守っていたのだろうか？

あの夜、早紀は篠山の部屋を出て信夫の部屋に行き、結ばれたと言った。本当はその前に、そうだ、二人で芝居を観に行った時にできていたんじゃないのか？

信夫の顔を見て萎えかけていた感情に再び火がついた。

「……健太の月命日に墓に行った。もちろん健太に会いたかったのだが、もしかしたら早紀が来るかもしれない。そう思った」

「やはりあの花を供えたのはお前か」

「ああ。だが、早紀じゃなくお前が来た」

「もう少し待てば早紀ちゃんも来た」

「……ああ」

「それでひとみのところへ戻った」

「ああ」

「ひとみから逃げたかったんじゃないのか？」

「……早紀の許に戻る資格はないと思ったんだ」

……過去形か。

「……いつの統計か忘れたが、日本では一年間に八万人以上の人間が行方不明になっているそうだ。大半は一週間以内に見つかっているが、それでも三千人ぐらいは行方不明のままだ。その話を聞いた時、彼らがどうやって生きているのか、想像したことがある。実際その立場になってみると思った以上に大変だった。金よりも、自分が自分と証明できないことが辛かった。人間は社会にがんじがらめにされている。ドロップアウトすることは許されない。いや、人間はがんじがらめにされないと生きていけないんだ」

「……がんじがらめの世界に戻りたいんだな」

信夫は頷いた。夜の闇で表情がはっきりと判らなかった。伝わったのは疲労感だけだった。

「三千人の行方不明者が全員生きているわけないだろう」

「そうだな、自殺した人間も多いだろうな」

「中には殺された人間もいるだろう」

「……いるだろうな」

「寒くなった。四万温泉に浸かってゆっくり話そうじゃないか。宿は押さえてある」

「……そうだな」

「あっちに車を停めてある」

信夫が歩き出した。

篠山は上着のポケットに隠し持っていたスパナを取り出した。

そして、信夫の後頭部目がけて振り下ろした。

鈍い音がした。信夫は振り向こうとしたが、膝から崩れ落ちて前のめりに倒れた。

止《とど》めを刺そうと再びスパナを振り上げた時——けたたましい女の笑い声がした。

振り向くと芳恵だった。耳まで裂けそうなくらい大口を開け、まさに悪魔のように笑っていた。

「言ったでしょ。あなたも人を殺すわよ、って」

芳恵の姿はすぐに消えた。

幻想だった。

篠山は呆然と立ち尽くした。

6

私服に着替えて従業員控室を出ると、笹森と井上が常連客とマールを飲んでいた。

「お先に失礼します」

「遅くまでごめんね」と、常連客が声をかけた。

「いえ。楽しんで下さい。笹森さんは飲みすぎないように」

「大丈夫だよ」と言う笹森は既に酔っていた。

「おやすみなさい」

早紀は笑顔で挨拶して店を出た。

外に出ると笑顔は消えた。営業中も笑顔を絶やさなかったが、ずっと不快だった。ひとみのせいだ。明日また店に来るつもりだろうか？　笹森たちに迷惑をかけることになる。朝になったらいちょう庵に電話しよう。事と次第によってはこちらから出向くことも考えなければ。

駒沢通りから道を一本入ると白い壁の自宅マンションが見えてくる。

玄関ロビーの明かりは煌々《こうこう》と点いている。この辺りは街灯も整備されていて痴漢や不審者が出没することはない。だが、マンションに近づくにつれ、胸騒ぎがする。

見慣れた玄関だが、違和感がある。いつもと何かが違う。

玄関ドアに辿り着き、オートロックを解錠した。ドアが半分ほど開いた時、背中を突かれた。

つんのめって転んだ。振り返ろうとすると、髪の毛を掴まれた。

「課長、家にいるんでしょ？」

ひとみだった。

驚きと恐怖で声が出なかった。先程の違和感の正体が判った。ひとみが玄関脇の暗闇に潜んでいたのだ。

ひとみは髪の毛を引っ張って早紀を立たせた。

抵抗したが無駄だった。華奢《きゃしゃ》な体からは想像できないほど強い力でエレベーターホールへ連れて行かれた。

エレベーターに乗ると、ひとみは十五階のボタンを押した。早紀の家が角部屋であることも知っていた。

ひとみを家に入れるのは危険だと思ったが、抵抗できなかった。

「課長！　隠れてないで出てきて下さい！」

玄関に入ると、ひとみは早紀の髪の毛を掴んだまま叫んだ。

「離して……」

やっと声が出た。

ひとみは土足のままリビングへ早紀を引きずっていく。

「課長！　居るのは判ってるんですから！」

ひとみは早紀を突き飛ばすと、夫の書斎や健太の部屋、寝室を覗いていく。

早紀はそのスキに逃げようとしたが、腰が抜けて動けなかった。

戻って来たひとみは台所から包丁を取り、早紀の喉元に突きつけた。

「課長をどこに匿ったの！」

「夫は亡くなりました。長野の列車事故で……」

早紀は棚の遺影と骨壺に目をやった。

ひとみは笑い出した。そして骨壺を手に取ると、思いっきり床に叩きつけた。

骨壺が割れ、遺骨が散らばった。

「何をするんですか！」

早紀は跪いて遺骨を集めた。

ひとみは嘲るように笑う。

「これは課長の骨じゃない！　赤の他人よ！」

……そうであって欲しいと願っていたこと。

「奥さん、ホントに知らないの？　私たち、あの列車に乗ってたのよ。でも、事故の前に降りた」

……本当に？

「課長が死んだことになって、私たち、それからずーっと一緒にいたの」

夫は生きている。

記憶がフラッシュバックする。

――遺体安置所。

――ジャケットに縫い込まれた〝須藤〟の文字。

――血がこびりついた古傷。

――潰れて判別がつかない顔。

――ホテルに置かれていた鞄。

――須藤家の墓に供えられた花。

驚きと喜びと怒りが一気に押し寄せてきた。

そして、冷静さを取り戻す。

「ひとみさん、どうして夫を探してるんですか？」

「いなくなったからよ」

「どうして私が匿っていると思ったんですか？」

「え？」

「夫はあなたと一緒にいたのかもしれません」

「いたのよ！　課長は……」

早紀はひとみの言葉を遮り、

「でも、夫に捨てられたんでしょ。だから探してるのね」

ひとみは一瞬絶句したが、再び激昂した。

「あなたが隠してるんでしょ！　どこにいるの！」

早紀は確信した。

「やっぱり、あなたが一方的に熱を上げていただけなのね。夫は相手にしなかった。会社でも、事故の後に一緒に行動していても」

ひとみが奇妙な声を出した。笑い声に思えたが、慟哭《どうこく》だった。

「みんな課長が悪いの。私を無視した。福岡に押しかけた時も抱いてくれなかった。課長は私のことを会社に報告した。私は会社をやめるしかなかった。私は空っぽになった。もうどうでもよかった。親が勧める人と結婚した。課長のことを忘れられると思った。でも、そいつはモラハラ男だった。課長に助けを求めた。助けてくれなかった。あんな男と結婚したのは課長のせいなのに！」

支離滅裂だ。常軌《じようき》を逸《いつ》している。

「課長が月末に中津川に行くことは知ってた。だから待ち伏せた。山岡が現れた時、課長は私を連れて逃げてくれた。事故で死んだことになって、ずっと一緒にいてくれた。でも、課長は振り向いてくれなかった。抱いてくれなかった。あの男を殺したのに、課長はいなくなってしまった」

あの男……山岡のことだ。

「新しいスマホにかけても出なかった」

「新しいスマホの番号は……」

「篠山から聞いた」

「篠山くんが⁉」

夫の新しいスマホの番号を知っていた？　どうして。

「私を無視しないで！　いい加減にして！」

ひとみは大声を上げ、包丁を振り回した。

このままでは殺される。一か八か、早紀はひとみに体当たりをした。不意を突かれたひとみは弾き飛ばされ、ガラスのテーブルに頭をぶつけた。

ひとみは失神した。早紀は包丁を奪おうとしたが、指が剝がれない。

ひとみはすぐに気がついた。早紀の腕を摑み、反対側へひねった。

早紀は痛みに顔をしかめた。ひとみは体勢を入れ替え、早紀に馬乗りになった。早紀はもがいたが、ひとみは両膝で早紀の体を押さえ込み、逃さなかった。

「あんたさえいなきゃ！」

ひとみは包丁を振り上げた。

逃げられない。両手を組んで防御しようとした。無駄な抵抗だ。ひとみが振り下ろす包丁から逃れるすべはなかった。早紀は目を瞑《つむ》った。

早紀が次に感じたのは包丁の刃ではなく重い物体だった。目を開けると、ひとみが覆いかぶさっていた。

ひとみの肩越しに篠山が見えた。

「早紀ちゃん、大丈夫？」

篠山は失神しているひとみの体をどかし、早紀を引き起こした。

「警察に電話して」

声が震える。

篠山は動かなかった。

「篠山くん！」

篠山は早紀に背中を向けた。

「警察は、ちょっと待とう」

「どうして⁉」

「考えてるんだ。ちょっと黙っててくれ！」

篠山は苛立ち、声を荒らげた。

おかしい。早紀はスマホを拾ってかけようとしたが、篠山に奪われた。

「え？」

篠山は、ひとみと同じ目をしていた。

ひとみの言葉を思い出した。新しい番号は篠山が教えてくれた。

「篠山くん……あの人が生きてること、知ってたんだ」

「信夫が生きてるって？」

篠山は驚いてみせたが、目が泳ぐ。

「この女が言ったんだな。早紀ちゃん、こいつがどんな女か。判っただろ？　早紀ちゃんを混乱させようとデタラメを言ったんだよ」

「警察を呼んで！」

「あいつは死んだ」

話が嚙み合わない。

「篠山くん！」

「あいつは死んだんだ！」

篠山は怒鳴った。

早紀は篠山がスパナを握っていることに気づいた。

「……どうしてそんなもの持ってるの」

「こいつが早紀ちゃんを襲うかもしれないから用意したんだ」

スパナには血痕がついていた。うつぶせに倒れているひとみは出血していない。

「……それは誰の血なの」

篠山はスパナを見た。

悪寒が走った。

「まさか……」

「死んでる男をどうやって殺せるんだ！」

早紀はスマホを取り返そうとしたが、篠山は離さなかった。揉み合っていると不意に篠山が動きを止めた。そしてゲボッと血を吐き、その場に崩れ落ちた。

その後ろに血まみれの包丁を握ったひとみが立っていた。

ひとみは篠山に跨がると、何度も何度も包丁を突き立てた。

早紀は血飛沫《ちしぶき》を浴び、悲鳴を上げた。

エピローグ

健太は大きく振りかぶってボールを投げた。

モーションの割に球速は遅かったが、信夫は構えたグローブを動かすことなくキャッチした。

「いいぞ、その調子」

健太はちょっと得意げにグローブの腹を叩きながら返球を待っている。

……これはいつの記憶だろうか？

爽やかな風。眩しい陽の光。キラキラ光る川面《かわも》。河川敷の運動公園では親子連れが遊んでいる。

初夏の休日だ。

「パパ、早く！」

「行くぞ」

健太にボールを投げ返す。

その瞬間、健太の姿が消え、視界が真っ暗になった。

また、色も音もない世界に戻った。

ここに、いつからいるのだろう。

四万川ダムで篠山と会った。車に向かおうと歩き出した時、後頭部に衝撃を受けた。何が起きたのか判らなかった。振り向こうとしたが、膝から崩れ落ち、駐車場のアスファルトで顔面を打った。

頭が割れたのか？　激痛に耐え、立ち上がったが、まっすぐに歩けなかった。振り返ると、スパナを手にした篠山が呆然と立ち尽くしていた。

篠山がどうして！

壁が目に入った。駐車場から逃げても追いつかれる。壁の先に何があるか考えているヒマはなかった。

必死で壁を乗り越えると、体が浮いた。

そこには何もなかった。落下した。ただただ落ちていった。

固い地面に叩きつけられた。いや、地面ではなかった。水飛沫があがった。ダム湖だった。体が沈んでいく。もがこうとしたが、手も足も動かなかった。沈んでいくしかなかった。

……やはりあの列車事故で死ぬ脚本だったのだ。

脚本に逆らってあがいても、オイディプス王やマクベスのように悲劇的な結末は変わらないのだ。

役者のアドリブ程度の変更しか許されないのであれば、最期に早紀に会いたかった。

あの日、自分が死んだことをニュースで知った。驚き、すぐに名乗り出ようとしたが、ひとみに乞われてやめた。彼女を不幸な結婚に追いやった責任を感じていたからだ。彼女を山岡から守らなければならない、と思った。

名乗り出ないまま、数日が過ぎた。そして気づいた。

自分が、日常という息苦しい檻《おり》から逃げ出したいと、ずっと思っていたことに。

健太の死、早紀とのすれ違い、会社。会社に不満はない、仕事も順調でやり甲斐も感じていた。期待されていて、それに応えることに喜びを感じていた。だが、本当は逃げ出したかったのだ。

自分が死んでいる世界で生きている——その奇妙な感覚を楽しんだ。誰にも期待されない。存在さえ知られていない。なんと自由なんだ！

だが、その喜びはあっという間に萎《しぼ》んだ。

身分を証明できない人間の日常は、それまで以上に堅牢な檻に入れられたようなものだった。五ヶ月、もう限界だった。檻から抜け出したかった。だが、ひとみは離れなかった。山岡に見つかったことでようやく別れることができたが、だからといって早紀の許には戻れなかった。そんな虫のいいことが許されるわけがない。かと言って死を選ぶ勇気はなかった。

篠山のSNSに、思わず『助けてくれ』と送ってしまった。

生きたい。元の日常に戻りたい、早紀に会いたい。

そう思った時に死ぬとは皮肉なものだ。

意識は、まだある。死とは何もない世界に閉じ込められることなのか。

しかし。

親友の篠山がなぜ俺を殺したのだろうか？

＊

「ママ！」

健太の声が聞こえた気がして、目を開けた。

「目が覚めましたか」

白衣姿のナースが優しく話しかけてくる。

とっくに目は覚めている。でも、目を開けたくなかった。健太と夫のいない世界を見たくなかった。

ひとみから夫が生きていると聞かされ喜んだ直後、篠山が夫を殺したことを知った。二度夫に死なれ、健太も生き返りはしない。私はどうして生きているのだろう。

ひとみは篠山の背中に何度も何度も包丁を突き立てた。篠山への怒りが早紀の存在を忘れさせた。早紀は部屋を飛び出し、隣の住人に助けを求めた。ひとみは駆けつけた警官に殺人の現行犯で逮捕され、篠山はその場で死亡が確認された。

早紀の怪我は軽かったが精神的なダメージが大きく、入院することになった。

まさか自分が誰かの憎悪の対象になるとは思ってもみなかった。ひとみは取り調べに一言も答えず、無表情に座っているだけだという。心が壊れてしまったのだろうか。

彼女にも思い描いた人生脚本があったはずだ。それをねじ曲げたのは山岡だ。しかし、一方的に好きになられたとはいえ山岡と結婚するきっかけを作った信夫に罪はないのだろうか？　信夫に罪があるのなら、早紀にもある。

早紀が夫とひとみの仲を疑ったのは、ひとみのメールを見たからだった。そこには健太が亡くなった日に二人が一緒にいたこと、ひとみが夫に好意を抱いていることが書かれていた。もしあの時直接ひとみに確かめていたら、夫への誤解は解け、ひとみも夫に執着することはなかったかもしれない。

早紀はひとみが自分の心を取り戻してほしいと願った。

「警察の方がお会いしたいそうですが、大丈夫ですか？」

「……ええ」

きっと信夫の遺体が見つかったという知らせだろう。レンタカーの走行記録から篠山が四万川ダムに行ったことが判り、周辺捜索が続いている。もし山奥に埋められていたらその場所を知る篠山が亡くなっているので発見には時間がかかると言われた。

「奥四万湖、四万川ダムのダム湖なんですが、そこで見つかったそうです」

……やはりそうか。

「今、地元の病院で緊急治療を受けています」

耳を疑った。

「主人は、生きているんですか」

「ええ。命に別状はなく、容態が安定すれば都内の病院に転院できるそうです」

早紀はすぐにでも飛んで行きたかったが、ドクターストップがかかった。

群馬の病院で信夫と再会したのは三日後のことだった。

夫は集中治療室で生命維持装置に繋がれていた。あの夜の健太のように。

担当医の許可をもらい、夫の手に触れる。

温かい。確かに夫は生きている。

が、担当医は残酷な事実を口にした。

「ご主人は頭部に受けたダメージから昏睡状態に陥っています。脳の広範囲が活動していません」

「脳死、ということでしょうか？」

「脳死とは生命維持に必要な脳幹《のうかん》という部分がダメになることですが、ご主人の脳幹は生きています」

「だったら……」

「ええ、意識を取り戻す可能性はあります」

担当医は言葉を続ける。

「ただ、意識を取り戻したとしても限定的だったり、意思疎通が困難な状態になることもあります。我々は最善を尽くしますが、厳しい状況であることは間違いありません」

「……判りました」

二度死んだと思った夫に会えただけでも感謝しなければいけないのか。できれば話をしたい。一瞬でもいい、意識を取り戻して欲しい。

早紀は着替えなどを取りに家に戻った。あの日以来だ。ハウスクリーニングが入り、惨劇の跡は残っていなかった。

篠山を思う。篠山は夫を殺そうとした。二十年来の友人なのに。いや、むしろその歳月が篠山を歪めてしまったのかもしれない。篠山は大学時代から早紀に好意を抱いていた。早紀はそれを知りながら応えなかった。彼はその気持ちをずっと持ち続けていた。だから篠山は信夫が生きているのを知りながら早紀にこれからの人生を一緒に生きたいと告白した。早紀はその時も応えなかった。それでも篠山は早紀を好きで居続けた。その気持ちが暴走した。しかし殺意は信夫だけに向かった。

マンションはオートロックなのにどうして篠山が入ってこられたのか謎だったが、彼は早紀に内緒で合鍵を作っていた。邪《よこしま》な気持ちだったかもしれない。しかし、篠山は早紀を救いに来て、ひとみに殺されたのだ。

篠山とも話したい。でも、叶わぬこと。篠山は死に際に一言の台詞を吐くこともなくこの世という舞台から退場してしまった。

篠山の葬儀は区営の斎場で密《ひそ》やかに行われたという。火葬のみの直葬。両親は既に亡く、兄弟もいない篠山を見送ったのは遠縁の数人だけだった。誰一人涙を流すことなくむしろ迷惑そうな顔で斎場職員が骨を拾うのを見ていたという。

その話を聞き、早紀は泣いた。


早紀は毎日病室に通い、信夫に話しかけた。

大学で初めて出会った時のことから、付き合い始め、一旦別れたが再び会って恋に落ち、結婚したこと。健太が生まれたこと、何より幸せだった結婚生活のことを。

夫は無反応だったが、五感のうち聴覚は最後まで生きていると聞いたことがある。きっとこの言葉は夫の心に届いている。早紀は信じて毎日話しかけ続けた。

健太の事故のことを話す日が来た。早紀は夫の手を握りしめ、思いを伝えた。

「……私は出張先から帰って来てくれないあなたを責めた。自分だけが苦しい思いをしていると思っていた。あなたの気持ちに思いが至らなかった。きっと私と同じように、いえ、私以上に苦しかったでしょう。帰りたくても帰れない。長過ぎる夜をあなたは一睡もせずに送ったはず。そのことに思いが至らなかった。翌朝、健太が亡くなってから現れたあなたを私は責めた。お願い、謝りたいの。目を覚まして」

夫は答えない。

「失踪して五ヶ月、あなたはずっと自分を責め続けてたんでしょう？」

早紀は信夫の白くなった髪に触れた。頬に触れ、唇に触れた。肌は乾いているが、温かい。閉じられた瞼に触れた時だった。早紀の指が濡れた。

涙だった。

早紀は夫の名前を呼びながらナースコールを何度も何度も押した。

＊

十二月二十日。

佳奈のパティスリー〝ボンボンズ・カナ〟がオープンした。

信夫の生命保険金は返さなければならなかったが、早紀と信夫は蓄えの中から出資し、共同経営者になった。

＊

同日、結城勇・著『人生脚本～夫の死体を切り刻んだ女・飯塚芳恵の真実』が発売された。

篠山に関する記述もあった。わずか数ページだったが、芳恵が篠山の事件について語っていた。

「殺すのはいいけど、殺されちゃダメだよね。主役になれないもん」

芳恵は笑いながら言った、と結城は記している。

＊

十二月二十四日。

ラパンはクリスマスディナーを楽しむ客たちで満席だった。

早紀もその場にいた。従業員ではなく、客として。

夫と一緒だ。夫は奇跡的に意識を取り戻したが、右半身に麻痺《まひ》が残り、この日もリハビリの帰りだった。

二人のテーブルに笹森自らが料理を運んできてくれた。

料理を見た早紀は驚いた。

クリスマスメニューではない、クネルだった。早紀と夫が新婚旅行で訪れたリヨンで食べた料理だ。

「きっと今までで一番美味しいクネルだと思いますよ」

笹森の言葉に、早紀は感謝を込めて頷いた。言葉にすると泣いてしまいそうだった。

夫も懐かしそうにクネルを見ている。

早紀は左手でフォークしか使えない夫のためにクネルを切り分けた。

人生の脚本は一人で書かなくていい。二人で二人の人生を書けばいい。展開に悩んだら共作者に相談すればいい。意見が合わなかったらとことん話し合えばいい。この世という舞台から降りるその日まで、二人で書き続けるのだ。

参考・引用文献

ウィリアム・シェイクスピア『お気に召すまま』（小田島雄志訳／白水Ｕブックス）
ウィリアム・シェイクスピア『マクベス』（小田島雄志訳／白水Ｕブックス）
ウィリアム・シェイクスピア『リア王』（小田島雄志訳／白水Ｕブックス）
ウィリアム・シェイクスピア『ヴェニスの商人』（小田島雄志訳／白水Ｕブックス）
杉山孝博『認知症の9大法則　50症状と対応策』（法研）
警察庁ＷＥＢサイト「平成30年における行方不明者の状況について」（https://www.npa.go.jp/safetylife/seianki/fumei/H30yukuehumeisha_zuhyou.pdf）
永山基準について――　https://hakusyo1.moj.go.jp/jp/37/nfm/n_37_2_3_4_5_3.html
意外と知らない刑務所について（http://imihanai01.blog.fc2.com/blog-entry-24.html）
キナリノ（https://kinarino.jp/）
カシェットシークレット（https://www.cachettesecrete.com/blog/?p=2615）
ソルト　クネルについて（https://solto.jp/pro/posts/quenelle）
ライブドアニュース　聴覚について（https://news.livedoor.com/lite/article_detail_amp/13266475/）

解説――「魔の刻」を呼び寄せる技

樋《ひ》口《ぐち》尚《なお》文《ふみ》
（映画評論家・映画監督）

伴一彦さんのお名前を初めて記憶したのは、もう40年以上も前の1981年、日活ロマンポルノの『バックが大好き！』を日活の封切館のスクリーンで観た時だった。ちょうどこの10年前に興行不振を打開する起死回生の策として、日本で最も歴史のある映画会社・日活がロマンポルノ路線を打ち出したのは大変な驚きを呼び、スタート当初は反権力的な鬼才監督の作品が数多く生み出され高い評価を得た。伴さんが日活ロマンポルノに登場した’80年代初頭は、もう「闘争の季節」ははるかに通過し、この国に豊かさと現状肯定のムードがはびこった頃である。娯楽産業としての映画に求められるものも、’70年代までは辛《かろ》うじて存続していた暗く重厚な主題と挑戦的な表現ではなく、オシャレで口当たりよく消費されてゆく軽快なラブストーリーやコメディに変わっていった。

そういえばこの頃の「日活」が「にっかつ」と一時社名をひらがな表記にしていたのも、その「軽薄短小」志向の一端であったわけだが、伴さんの作風はこうした傾向、ニーズにうまく合致するものだった。そもそも日活ロマンポルノにもシリアスな作家的作品の一方に肩の凝らない戯作《げさく》的な艶笑譚《えんしょうたん》のストリームがあって、これが合わさって三本立て興行の多彩さを実現していたわけだが、いかんせんこの従来の戯作タッチが和風で泥臭いので私などは割と敬遠気味だった。ところが、伴さんの脚本はくだんの『バックが大好き！』をはじめとして笑いがカラッとポップで都会的なタッチだったので、当時の若い観客もすんなりと愉しめたに違いない。このロマンポルノ中期にあって、ややオジン臭く見られてきた日活は、女優においてはかつての宮下順子のようなウェットな持ち味とは正反対の美保純のようなライトなアイドル風味の才能をスカウトし、作り手においては伴さんのような軽快でポップな作風の新鋭を活かすことで、若い観客たちとのチューニングを図ろうとしたのだろう。

伴さんを起用した日活も慧眼《けいがん》であったが、しかしこんなに時代の空気にぴったりのストーリーテラーを、当時の映画界よりずっと勢いのあったテレビ業界が放っておくわけはなかった。'80年代前半、実はけっこうな数のコメディや異色作を日活ロマンポルノに提供した伴さんは、'80年代半ば以降は一躍民放各局のゴールデンタイムのドラマ群を一手に担う超売れっ子脚本家となった。ずっと伴さんのロマンポルノ作品に伴走していた私は、この伴さんの快進撃を驚きとともに仰ぎ見ていた。ついこの間までロマンポルノで『生録盗聴ビデオ』『白薔薇学園 そして全員犯された』といった異色作を書いていた伴さんが、なんとTBSの金曜8時枠の田村正和主演『うちの子にかぎって…』に堂々クレジットされ、この作品での田村の覚えもよく、さらにTBSで田村主演『子供が見てるでしょ!』を任せられて、これがあの代表作『パパはニュースキャスター』につながってゆく……という軌跡は痛快であった。

このスタア俳優・田村正和主演のTBS作品の一方で、当時のトップアイドルのミポリンこと中山美穂主演のフジテレビ作品『おヒマなら来てよネ!』『誰かが彼女を愛してる』なども連作された。'70年代まではドラマの牙城《がじよう》はTBSだったが、バブル期前後からのフジテレビはいわゆる「トレンディ・ドラマ」のヒットでにわかに勢いづいていた。このドラマづくりの両雄たる局から伴さんの脚本が引っ張りだこであった理由は、くだんの軽快でポップなタッチ、そしてそれと表裏の都会性であったに違いない。伴さんは1960年代のテレビメディアの高度成長期に視聴者として過ごしたわけだが、特に伴さんの幼少期はまだ草創期のテレビ局が自社で創り出すドラマだけでは枠を埋められず、おびただしい米国製の「テレビ映画」が買い付けられ、洒脱《しやだつ》なラブコメディーやホームドラマがお茶の間を賑わせた。伴さんの和風でない洒脱なストーリーテリングの原点もきっとこのへんの「テレビとの蜜月」にあるはずだ。ただし、この時期そんな語り口の意匠だけで重宝されていた脚本家たちは、まさに「トレンディ・ドラマ」の退潮とともに忘れ去られていったが、伴さんはその後もずっと貴重な書き手として珍重され続けた。これにはふたつの理由があると思う。

ひとつは「トレンディ」な都市的シチュエーションをライトに語りながらも、人物ひとりひとりの人間観察が細かいこと。私は伴さんの数々のドラマのなかで（もちろん『パパはニュースキャスター』なども大好きなのだが）中山美穂主演のフジテレビ「月9」作品『逢いたい時にあなたはいない…』、同じく竹野内豊・田中美里主演のフジテレビ作品『WITH LOVE』を偏愛している。というのも、それぞれ遠距離恋愛やメール文通というアクチュアルな設定を構えつつ、ドラマの実際はあたかも「源氏物語」のごとき細やかな感情表現の堆積から成っていて、都市的な包装紙のなかでいっそ古風と呼ぶべき感情のやりとりが熟しているのである。伴さんはシナリオ界きっての名職人・石森史郎さんに師事しているが、この点は師匠の最良の継承者という感じである。

そして今ひとつは、「トレンディ」なラブコメやホームドラマが伴さんの暖簾《のれん》となっていたものの、実は伴さんの書き手としての興味は決してそこに留まるものではなかったこと。すなわち伴さんは「トレンディ・ドラマ」で引く手あまたの季節に、ＴＢＳの単発ドラマ『魔夏少女』というスプラッタ・ホラー（！）やフジテレビ『世にも奇妙な物語』の数作を手がけていたり、以後もTBSでゲームソフト原作のホラーミステリー『かまいたちの夜』を書いている。また、社会派の日本テレビ作品『ストレートニュース』やジュブナイルのNHK作品『双子探偵』、SFのNHK作品『七瀬ふたたび』など、意欲的にさまざまなジャンルを越境している。こうしてサスペンス、ミステリー、ホラーまで射程に入れて上々にまとめあげる職人的な守備範囲の広さが長きにわたってオファーが絶えない理由だろう。

さて、そんな脚本家としての伴さんのふたつの軸の揺るぎなきことにふれてきたのは、まさにそれが小説家としての伴さんの力作『あなたも人を殺すわよ』の妙味にもつながっていると感じるからだ。『あなたも人を殺すわよ』にはどこか松本清張『ゼロの焦点』にバタ臭い『羊たちの沈黙』的な要素をドッキングさせたような雰囲気があるのだが（そしてくだんの筒井康隆『七瀬ふたたび』も思い出させる設定も）、最初読み進めていてもいわゆるミステリ的な様式は張り出してこない。あたかも伴さんが手がけた「トレンディ・ドラマ」のような青春期の記憶を引きずる三人の主要人物の関係性と動静が日常の景色のなかで静かに語られてゆく。だが、ほどなくしてそんな平穏で常識的な日常とはかけはなれた、研《と》ぎ澄まされたサイコキラー芳恵のミステリアスで暗示的なキーワード「あなたも人を殺すわよ」が提示される。読者は、この彼岸で不敵に笑う異常犯罪者の圏域と、のどかで微温湯《ぬるまゆ》的な市民＝篠山、早紀、信夫の圏域がいったいどうクロスしてゆくのか、その興味に引っ張られて読み進めることだろう。

　結果としてその普通なら交わるはずのない人間の日なたの貌《かお》とてつもない暗黒面は、思わぬかたちで交差する。その意外ななりゆきがなぜ誘発されるのかというと、当然、人物が意外なアクションを起こすからである。ここは読者のお愉しみまでに詳述は避けるが、常識的な日常に棲む篠山と信夫が大きく言えば二か所のポイントでそれぞれ「なぜ？」という行動に出たことで、序盤の暗示どおり日なたの世界と闇がまさかの接合を果たすことになる。こういう性格の行動を一般には「魔が差す」と言うわけだが、しかしこれはサスペンス小説なので「魔が差した」状況がただ意外なだけではなく、読者をふりまわしつつも「納得させる」ことが肝要だ。

　はたして本作は、まさに「魔が差した」ことの理由をくどくど書かずに納得させるところが、さすがの手練れの伴さんの手腕である。この語りの成功は、先ほど伴さんのテレビドラマ作法においてふれた人物の感情表現の緻密《ちみつ》さによってもたらされている。たとえば、こんなところである。死んだのかも失踪したのかもわからぬ信夫を探偵のように追う篠山は、捜索の道中でさまざまな事実をつかんでゆく。本来なら心配で憔悴《しょうすい》している早紀に都度都度つかんだ情報を余さず開示するのが筋というものだが、篠山には青春の頃から早紀へのくすぶる思いがあるので、そのエゴから「伝える情報」と「伝えない情報」がこまごま選別されたりする。このあたりの小細工と、また小細工したくなる気持ちを伴さんが実に細やかに書いてくれるので、読者は篠山という人間像に（共感するかどうかは別にして）とても納得がいくのだ。

この人物描写、性格描写の納得度ゆえに、彼らがいかに意外な行動をやらかしても、ただ突飛なものとは映らず「こんな魔が差すこともあるかもね」と呑みこめるわけである。また、私はこれに近い納得を別の思わぬところでも感じて笑ったのだが、早紀はさんざん自分の状況を案じて真相解明に動いてくれる篠山のありがたさを理解しながら、どうしてとは言えないが「篠山との結婚はありえない」と内心断定している。伴さんはなぜそうなのかを早紀にくどくど説明させたりしないのだが、それまでの篠山の行動の描写や早紀の感情への言及などが積み重なったところで、早紀の「篠山とは無理」という気持ちを言わず語らずして納得させてしまうところがある。そんな「なぜともなく」人物がそんなことを考えたり、あんなことをやらかしたりする、そのあんばいが本作の妙味だろう。そしてシェイクスピアの引用や料理、ワインの描写なども、いかにも伴さんらしい教養や趣味が薫《かお》って嬉しいところだ。

二〇二一年一月　光文社刊

光文社文庫

あなたも人《ひと》を殺《ころ》すわよ

著者　伴《ばん》　一《かず》　彦《ひこ》

2024年1月20日　初版1刷発行

発行者　三　宅　貴　久
印　刷　堀　内　印　刷
製　本　ナショナル製本

発行所　株式会社　光　文　社
〒112-8011　東京都文京区音羽1-16-6
電話（03）5395-8147　編　集　部
8116　書籍販売部
8125　業　務　部

落丁本・乱丁本は業務部にご連絡くだされば、お取替えいたします。
ISBN978-4-334-10186-2　Printed in Japan

組版　萩原印刷